レストランの前で防護服を着て立つ人(P.133)

左、ロックダウンの後、ビニール袋を被って外出し、スーパーで買い物する人(P.76)
右、道端で配達物資を整理する配達員(P.63)

武漢市が2月11日にコミュニティの封鎖管理を公布した後、著者の住むコミュニティでは、出入許可証なしには外出できなくなった。2月26日、彼女は外から帰って来た住民を見て、耐え切れずに「いつになったらあの門から出られるのだろう」と日記に記す (P.284)

道端に置かれた支援物資 (P.107)

公園の中で運動する人も
互いに一定の距離を保っている (P.92)

封鎖されたコミュニティの入口。中に入った左手に事務所が見える（P.197）

防護服を身につけた医療従事者と話す老人（P.171）

左上　ほとんど空になった棚 (P.25)
右上　薬局の前に並ぶ人たちの間には暗黙の了解で安全な距離が保たれている (P.154)

ロックダウンがどれほど続くかわからず、人々はスーパーで並んで
物資を買い求める (P.25)

Diary of the Wuhan Lockdown

武漢封城《ロックダウン》日記

郭晶［著］
Guo Jing

稲畑耕一郎［訳］
Inahata Koichiro

潮出版社

武漢封城日記

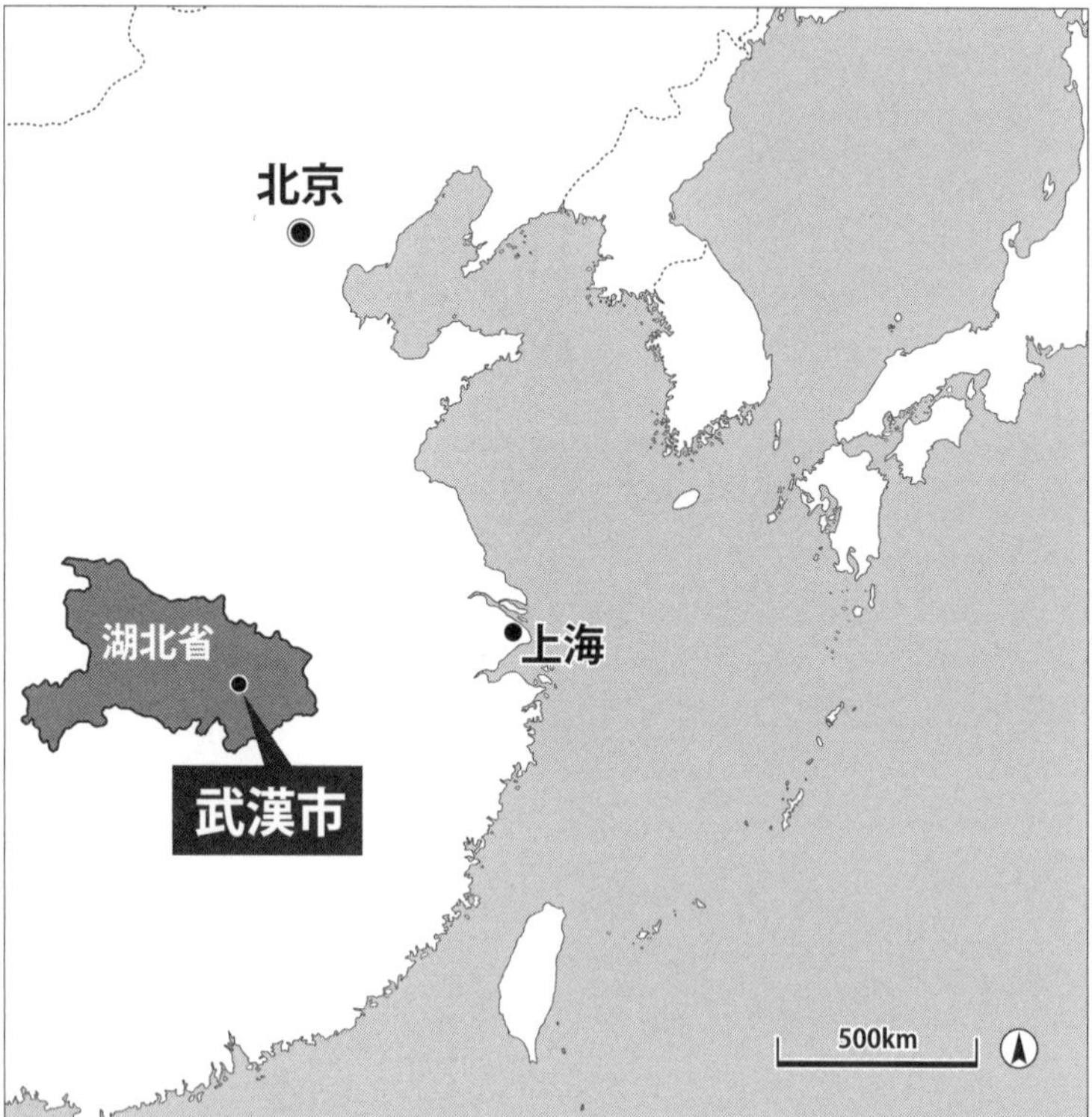
北京
上海
湖北省
武漢市
500km

プロローグ

封鎖の中の光

一月二十三日、武漢ロックダウン。

これが一体どんなことを意味するのか、誰も知りませんでした。

ある友人が日記を書くようにと勧めてくれたので、少なからず戸惑いはありましたが、書き始めることにしました。私はソーシャルワーカーであり、事件の現場に居合わせたからには、記録することは基本的な責任だと思ったからです。振り返ってみれば、日記を書くことは、封鎖の中で私の日常生活の一部を立て直し、私と他の人とを結びつける手段にもなっています。

ウイルス感染者の爆発的増加によって封鎖された都市で暮らすのは、それだけでも大変なことです。何より大切なことは、自分自身の安全を確保し、できるだけ病気にかからないようにすることです。

最初はどうしたらいいのかまったくわからず、多くの決定はその場その場での判断であり、一回目の食料の備蓄も友人に注意されてのものでした。封鎖の中での生活は、長期的な計画が立てにくく、翌日に外出できるかどうかすら予測できません。

自分が毎日続けて日記を書くことができるとは思ってもいませんでした。おそらくこれは初めてのことで、ここまでひと月以上も書き続けています。

日記は個人的なものであり、普通は人に見せるものではありません。ですが、この日記の場合は、書き出した時から他の人に読んでもらうつもりでしたので、自分自身をさらけ出すことは避けられませんでした。人はなかなか自分の弱さをさらけ出せないため、それは容易なことではありません。日記を公開すれば、必然的に他の人からあれこれとコメントされるようにもなりますが、私はできるだけ気にしないことにしました。

これは私の日記なので、文章の中には当然「私」がいますが、自分の感情を出すことはなるべく控えました。というのも、私が書くのは単なる「私」の日記ではなく、「武漢にいる私」の日記になるからです。つまり純粋な個人の日記ではなく、日記という形をとった一市民の記述です。とはいえ、書いている中で感情が入ってしまうことは避けがたく、書き終わった後に見直す気力さえない時もありました。公開してから誤字脱字に気づくこともありましたが、幸いにも読者のみなさんは極めて寛容でした。中には誤字脱字のチェックを助けてくれる友人まで現れ、本当に感謝しています。

私は専門の著述家ではないので、文筆に長けているわけではありません。にもかかわらず、この日記は思いがけず注目され、喜んでいただけました。たくさんの方から反響が寄せられ、日記によって武漢の実際の様子を知ることができた、力をもらったという人もおられました。

ある日、日記を微信《ウェイシン》〔WeChat, メッセンジャーアプリ〕のモーメンツ〔投稿した記事を友人同士で共有できるサービス〕にアップしなかったことで、フォロワーの一人が、夜十一時過ぎに「今夜ずっと投稿を待っていました。お変わりありませんか？」とメッセージをくれました。これには感動しました。

ただ、日記が注目されることには、心落ちつかぬ思いもありました。このウイルスが蔓《まん》延《えん》する中では、心を寄せなければならない人はとりわけ多く、多くの人が具体的な説明を必要とし、治療を受けられずに亡くなった人も数多くいます。私は生きている、そう思うだけで強い後ろめたさを感じます。私にはまだ書く力が多少残っています。封鎖された都市の中では、これも一種の特権です。そうであるなら、書き続けることは、社会に貢献する一つの方法となるでしょう。私は、実際に感じたことや、見聞きしたことをできる限り記録しました。

封鎖されたのは、都市だけではありません。情報もです。私の日記もブロックされました。私は自分が生きる社会のことを無視できず、ある程度自分でもチェックを入れながら書いています。それでも日記は検閲され、微博《ウェイボー》〔Weibo, ミニブログ〕の文章は通信のデータ量が制限されたり、他の人の閲覧画面に自動的に表示されなくなったりしたので、日記を読むためには、私のホームページをわざわざクリックしなければなりません。時には微信でも文章を送信できず、文字を画像に変換しても送れないことがあります。

日記を書いているあいだ、私は自分の微信のQRコードをネットで公開し、封鎖の中で新しいつながりを作ろうとしました。これによって助けを求める人や、私とつながることで義捐《ぎえん》物資を得たいという人もいたので、私はすぐに頼りになるボランティア団体に連絡し、わずかながらもお手伝いをしました。ウイルスの拡散する中で家庭内暴力〔DV〕が発生しているのを知ると、友人たちと対処方法を相談し、緑芽基金会[1]と協力して、「家庭内暴力反対小ワクチン」の提唱活動を始め、一人一人がDV反対の「小ワクチン」となることをみんなに呼びかけました。積極的な傍観者となって、警察への通報協力やDV反対の提案書を手書きしたり印刷したりしたものを、コミュニティ[2]の建物の廊下やエレベーターに貼るような活動をしました。

この封鎖期間中の日記には、フェミニズム活動の友人たちの知恵もたくさん入っています。封鎖のあいだ、私たちは毎晩二、三時間話し合っています。実に何ものにも代えがたい貴重な友情です。

私の日記は、私たちがこの封鎖の中でいかに過ごしたかの一部を記録したものです。

私が武漢に来たのはまったくの偶然です。来て一、二か月でこの猛烈な肺炎に遭遇したのも偶然であり、日記を書き始めたのも偶然です。ですが、すべてを偶然だと簡単に片づけることはできません。偶然の背後にある必然についても少し説明させてください。

私はソーシャルワーカーであり、二〇一二年、大学生の時にフェミニズム活動に初めて参加しました。学校の男女のトイレの比率を調整する要望書を学長に書き送ると、翌年の三月八日の国際女性デーには、一部の校舎で男子トイレが女子トイレに改修されました。行動は、変化をもたらすことができ、自身に賦与《ふよ》された人間力を高める行為です。

二〇一四年、卒業して就職活動をしていた時、私は杭州にある新東方烹飪《ほうじん》〔料理〕学校の文書作成の職に応募しました。ところが、そのポストは「男性限定」という理由で拒絶されました。そこで私は新東方烹飪学校を提訴しました。それは私の最初の裁判でした。

---

1 広東省緑芽郷村婦女発展基金会の略称。二〇一三年に設立された農村の女性と児童の生活・健康・権利などの改善と増進を主旨とした慈善団体。

2 中国語では「社区」という。英語の community の訳語。統一的な一律の定義は困難であるが、ここでは一定の区域内における住民の集合体をいう。都市部ではおおむね高い塀を巡らせた閉鎖的な高層のビル群からなる。日本の町内会、団地自治会的な役割も果たしているが、規模はそれよりも大きく、行政の管轄下の末端に位置するので、各種の保護と規制を受けている。

しかし就職における性差別に関する法律が不完全だったことで、裁判の過程ではさまざまな思わぬことにぶつかりました。法律の規定では、裁判所が訴状を受理して七日以内に立件の可否を決定しなければなりませんが、私の場合、立件するだけで一か月もかかりました。その後、女性の権利に関わる人、弁護士、フェミニズムの活動家など多方面の助けがあり、中国で最初の就職差別の裁判に勝ちました。私は自身が受けた手助けを人にも伝えたく、就職で性差別を受けた女性にできる限りの支援を提供したいと願いました。そうした人助けの中で、私自身も力をつけてきました。

二〇一七年、私は志を同じくする仲間たちと、「０７４法律顧問ホットライン」を立ち上げ、就職の過程で性差別を受けた女性たちへの法律支援に力を注ぎました。五年のあいだに、求職時に性差別を受けて雇用側を法廷に立たせた大学生の立場から、同じような目にあった女性たちに支援を提供する側になりました。

思い返せば、私が最初に出合った大都市は武漢でした。

私は二〇一〇年に大学に進み、河南省の信陽《しんよう》で勉強していました。信陽は閉鎖的な都市でした。ソーシャルワークは実践を重んじるのですが、私たちは教科書の知識を学ぶだけでした。二〇一二年、大学三年生の時、現実の閉塞感を突き破るために、ネットを通して外の世界を知ろうとし始めました。その頃はまだ自分のパソコンがなかったので、毎日大学のＰＣルームに通い、ソーシャルワークのホームページやアカウントに関心を持ったり、有名大学の公開授業を閲覧したりしていました。

　信陽は武漢から近く、列車で三時間ほどで着きます。折よく、私は第一線のソーシャルワークの実務研修を武漢で開催するという知らせを目にしました。その時にはすでに応募の締め切りは過ぎていましたが、試しに電話をかけてみたところ、主催者側は私にチャンスを与えてくれました。ルームメイトたちは私が研修に参加すると聞いて、その情報を確かめることは難しいと言って心配してくれました。しかし、私はその心配よりソーシャルワークの実務を知りたいという気持ちのほうが強かったため、意を決して武漢での研修に参加しました。研修が終わり、主催者側が広州からの参加者たちに武漢のソーシャルワークの機構の見学を勧めたので、私も参加を願い出ました。現場のソーシャルワーカーたちの実践経験を聞くことは、私にとってとても得がたい体験でした。それ以降、積極的に社会活動に参加するようになり、中でも女性の権利についての活動からは最も深く影響を受けました。小さい頃から、私は日常生活の中の性による不平等に不満と疑問を持っていました。フェミニズムはそうした私の疑問に答えをくれました。フェミニズム思想は、強い批判性と内省性があるため、自己の省察にもつながり、自分と社会との関係に改めて気づかされるようになりました。

武漢は面積八〇〇〇平方キロメートル余り、長江《ちょうこう》と漢水《かんすい》とが合流し、漢口《かんこう》、漢陽《かんよう》、武昌《ぶしょう》の三つの地域に分かれています。武昌は政治と教育の中心地で、武漢の大学はほぼここに集中しています。漢口は商業の中心地で、商品の中卸しと小売が集中しています。漢陽は製造業の中心地で、自動車やバイオ関連の製造業のほとんどがここにあります。私は武昌に住んでいます。長江から数百メートルの距離のところで、川の対岸は漢口です。

二〇一二年以降、武漢では大規模な地下鉄建設が始まり、訪れるたびに至るところで工事現場を目にしていました。今回引っ越してきた時（二〇一九年十一月）は、比較的交通の便の良い場所を選んだので、出入りはさらに便利になりました。住む場所は便利になったものの、武漢では孤立した境遇にあり、日記を書くことは、地理的な封鎖を打ち破り、多くの人とつながる機会を与えてくれました。

日記が『ＢＢＣニュース』で翻訳され、転載された後、世界各地の方々が温かい関心を寄せてくださいました。中には海外に住む中国人もいれば、ウイルスの状況に関心を持つ外国の方もおられ、その方々の温かい思いやりは、予想もしなかったことでした。当初、人々が武漢に寄せてくださった関心は、人道主義に基づくものでした。ところが、疫病が広がるにつれ、多くの国に新型コロナウイルスによる感染者が出て、日本、韓国、イタリア、イランなどではかなり厳しい状況になってきました。人々の生活が新型コロナウイルスの肺炎に影響され、それにともない多くの社会問題が発生しました。企業の破産、大規模な失業、そして差別などです。

災難そのものも壊滅的なダメージをもたらしますが、もしもその災難をコントロールする方法が不合理だった場合、災難はさらに厳しいものとなり、人々にトラウマをもたらします。

今回の疫病の拡散の中では、不必要な犠牲と、不公平な死は免れがたいことです。生きている人たちは、肉親を失った苦しみ、不公平への憤《いきどお》り、生きていることへの後ろめたさといった、複雑な気持ちにどう対処すべきなのでしょうか。また、行政はこうした災難、それに付随して起きる災難に、いかに対応すべきなのでしょうか。

ウイルスがもたらした恐怖が蔓延する中で、その恐怖による差別、暴力も発生しています。多くの湖北省の人が各地で隔離され、あるいは暴力的な扱いを受けています。

恐怖を乗り越えるのは簡単ではありませんが、私たちは力を尽くしてより多くの情報を理解しなければなりません。それはウイルスに関する情報であり、いかにしてウイルスを防ぐかという情報です。何よりも自分を守り、人を傷つけないことです。

封鎖の中で、多くの人がともにネットワークを築き、さまざまな弱者の求めに注意を払い、数多くのボランティア活動を成し遂げています。これは暗闇の中の光であり、私たちの行く道を照らしています。

この日記を出版できる機会を得たことは、一種の幸運であり、私もつながりの一部になるように努めています。

私たちは空間的には隔離されていますが、ネットを通してつながり、ともに行動し、苦境の中でもしっかり自己の主体性を掌握《しょうあく》しているという感覚を見出せれば、ともに希望を生み出すことができるでしょう。

二〇二〇年三月四日　武漢にて

郭　晶

武漢封城日記

目次

第一章

都市は瞬く間に
動きを止めた

一月二十三日

私は冷静沈着な人

私は何があっても冷静沈着なほうだが、一月二十日になって武漢の新たな感染者数が一〇〇人を超え、湖北省以外の省や市でも感染者が出ると、どうしたらよいかと慌て始めた。これまでに発表された情報は明らかに隠された状況があった。その日から、武漢の街頭ではマスクをつける人が急に増え始め、ほとんどの薬局で医療用マスクが売り切れ、多くの人が風邪薬を買い求めた。

この時期、私はちょうど風邪気味で、ほぼ治りかけてはいたが、マスクを買う列に並んでいると、前の人がオセルタミビル（インフルエンザの治療薬）を四箱も買ったので、私も一箱買い求めた。六二元（人民元〔一元は日本円の約一五円〕、以下同じ）、少し高い。

ここ数日、心配のあまりずっと落ち着かない。各地からの最新情報を見ると、大部分の感染者は十五日前に武漢に来た人である。武漢は世界で最も大学生の数が多い都市で、一月中旬は大学生がちょうど冬休みの期間、そしていまはちょうど春節の移動にあたり、必然的に駅は人の流れがとても多い。それでも武漢の駅では、何ら厳格な監督管理はなかった。

私はもともと春節でも実家には帰らない。いまは、現地に留まるのが一番安全だ。今朝、目を覚ましてロックダウンのニュースを見て、誰もがすっかりうろたえた。これは何を意味し、どれくらい続き、どんな準備をすべきか、予測しようがない。

ここ数日は、腹立たしいニュースを目にすることが本当に多い。感染を認められても入院できず、熱を出した病人も治療を受けられない。湖北省共産党書記で省の人民代表大会常務委員会主任の蔣超良《しょうちょうりょう》、同副書記で省長の王暁東《おうぎょうとう》などの指導者たちは、一月二十一日に湖北省春節祝賀パーティの歌や踊りのイベントを鑑賞した……。友人たちからは早く何かを買いだめするように勧められた。外出する気はなかったが、宅配サービスの「餓了麼《ウーラマ》」〔アプリで注文・支払いを行う食事の配送サービス〕がまだオーダーを受け付けているのを見て、急いで注文した。このサービスもいつ停止するかと心配になった。

外ではいったい何が起きているのか知りたくて外出してみた。通りには中高年の人が多く、若者は少ない。近所のスーパーに寄ると、レジには長い行列ができている。棚にはお米、乾麺といった命をつなぐ食品はほとんど残っていない。慌てて手あたり次第に商品を手に取った。

塩をたくさん買った男性客がいた。「そんなにたくさんの塩を買ってどうするの？」と、他の客が聞くと、「万一封鎖で一年も閉じ込められたらどうする！」と答えていた。私は何も考えずに出てきたので、リュックもスーツケースもなく、たくさんは持てなかった。

その後もう一度外出したが、ふと先ほどの「商品を奪い合う」時の、絶望の中での歓喜に気づき、恐怖を覚え始めた。通りには身体があまり丈夫ではなさそうなお年寄りたちもいたが、彼らはこうした状況の中でより大変にちがいない。

ロックダウンになっても、日常の生活用品の供給はあるだろうと思い、二度目の外出は「贅沢品」であるヨーグルトや蜂蜜などを買った。帰り道に薬局にも寄ったが、すでに入店する客の人数を制限し始めていた。マスクと消毒用アルコールは売り切れ、風邪薬も数を制限され、買い物を済ませて薬局を出ようとした時には、すでに入店禁止であった。ある中年の女性が、私が出ようとするのを押しとどめ、消毒用アルコールを買ってもらえないかと頼み込んできた。切羽詰まった語気で、藁《わら》にもすがるようだった。

食料の買いだめは済んだが、やはり緊張と心配があった。今日は通りを走る車と歩行者の数がますます少なくなった。一つの都市は、瞬《またた》く間に動きを止めた。

復活の日は来るのだろうか。

フォロワーからのメッセージ

●郭晶さん、マスクありますか？　なかったら送って差しあげますよ。

一月二十四日

世界は怖いほど静寂

世界は怖いほど静寂。私は独り暮らしなので、たまに聞こえる廊下の物音で、かろうじて他にも人がいることを確認する。

自分がこれからどうやって生きていくのか、考える時間がたくさんある。自分には体制の内部に資源も人脈もない。もし病気になってしまったら、大半の普通の人たちと同じように、きっと治療はしてもらえまい。そこで、私の目標の一つは、できる限り病気にならないこと、そのためには体をしっかり鍛錬しなければならない。さらに、生きていくには食べ物も必要なので、生活必需品の供給状況の理解も必要である。いまのところ、政府はロックダウンがどれほど長くなるのかについて何も言わず、その間、都市の運営をどのように担保していくのかも明らかにしない。現在の感染者数に基づいて、ロックダウンは五月まで続くと予測する人もいる。

生存のために、生活圏内の状況の把握がどうしても必要であり、もはや映画の「トゥルーマン・ショー」[1]のような虚構の世界に生きてはいられないので、今日は外に出た。

コミュニティの建物の下にある薬局とコンビニはみな営業していない。一キロと離れていないスーパーに向かって歩き出す。途中で「餓了麼」の配達員がまだ配送しているのを見て、わずかに安堵を覚えた。スーパーにはやはり多くの人が殺到し、乾麺はほとんど売り切れ、お米はまだ少しだけ残っている。来たからには何か買わないと、と思った。野菜類は量り売りで、すでに二、三十人ほどの列ができている。仕方なくソーセージ、総菜、餃子、肉を少し買った。

その足で薬局へ向かった。マスクと消毒用アルコールはやはり売り切れだったが、ビタミンCの発泡錠とヨウドチンキを入手。私はあまり病気をしないので、家に薬を置いておく習慣がない。でも、これからしばらくはビタミンCの発泡錠を飲むことにした。レジに並んだ時、ほとんどの客が二重にマスクをしているのを見て、自分もそうしようと決めた。前に並んでいる夫婦が、他に必要なものについて相談し、使い捨ての医療用手袋を買っていた。外出用に必要だという。本当に賢い。自分も急いで一箱買った。しばらくすると、医療用マスクも棚に並べられ、一〇〇枚入りを二箱買おうとしたが、店員に一箱一九八元と言われ、黙って一つを返した。しかしお金を払った時に、一箱がわずか九九元だと気づき、後悔した。それでも、私は何だか少し生き長らえる自信が持てた。

物の不足は不安感を増す、特に生存に関わる極端な状況の中では。

私は野菜市場にも足を運んだ。営業する店は半分に減り、野菜の種類もだいぶ減っていた。セロリ、にんにくの芽、卵を買った。まだ営業中の店が数軒あった。香辣《シャンラー》牛肉麺の店主は、今日からしばらく閉店するという。葬儀用品店では話が聞けなかった。SARS《サーズ》〔重症急性呼吸器症候群〕のドキュメンタリー番組に見入っているようであった。その後で花屋を見ると、なんとまだ営業中であった。今度来る時に開いていたら、鉢植えでも買おう。

帰宅後、着ていた服を全部洗濯し、シャワーも浴びた。清潔に保つことは、いまは何よりも大事なことである。一日に二、三十回も手を洗った。私の半日はこれで終わり、続いて昼食の準備を始めた。

外出したことで、自分がまだ世界とつながっているのを感じ、他の人から生存のための

1　一九九八年制作のアメリカ映画。トゥルーマンはその主人公の名。彼は幼い頃から離島で過ごし、島の外に出たことはない。実は島全体が映画の巨大セットで、周辺の人物もすべて演者。彼の生活は、ショーとして全世界に流されている。彼一人がそのことを知らずに過ごしてきたが、あることをきっかけに疑問を抱くようになり、やがてこの作られた世界である島から脱出を試み、自由への道を探る。

知恵も学んだ。この戦いの中で、大多数の個人は公的機関からの保障がなく、自分しか頼れない。私は若い方だが、独り暮らしのお年寄りや体の不自由な人など、もっと弱い立場の人たちはどうやってこの戦いに打ち勝つのだろうか。想像するのも難しい。

フォロワーからのメッセージ

- 私の兄も武漢で独り暮らし、毎日電話して安否を確認しています。とても辛《つら》い、この疫病との戦いに早く打ち勝ちたい。
- 私たちの宜昌《ぎしょう》もロックダウンされました。お米、油、じゃがいも、にんじん、玉ねぎのように貯蔵しやすいものを買っておくことをお勧めします。肉は食べなくても大丈夫ですが、野菜類はちゃんと摂《と》らないとだめです。お米と油があれば、チャーハンを食べて過ごせます。私と主人はお米と油がまだ充分あることを確認したので、買い出しには行っていません。
- 次の外出の時には、この都市が復活していて、その後で鉢植えの花を一つ買って、都市の新生を祝えるように祈っています。

一月二十五日

歩いたことのない道

武漢の天気は、いまの武漢のように陰鬱《いんうつ》そのものである。

昨日は大晦日《おおみそか》、今日は春節。私は祝日にあまり興味がないので、目下の祝日もまるで関係がない。

昨日、ここ二日間の経験と感想を公開し、思いがけず多くの人の関心を集めた。それが、私と世界をつないでくれた。

友人たちに武漢での経験を書くように勧められた時、多少のためらいがあった。理由はたくさんあるが、その一つは惨《みじ》めな被害者だとみなされたくなかったから。他の人に「彼女はまったく惨めだ」という印象を与えたくなかった。

私は二〇一九年十一月に武漢に引っ越してきたばかりなので、ほとんどの人は私がここに移ってきたことを知らないし、引っ越しの挨拶もあまりしたくなかった。おそらく手伝ってくれる人もいただろうが、面倒をかけたくなかった。また、人に注目されるのも落ちつかず、正直に言うと、私は一番惨めな者ではないし、罹患《りかん》した人たちこそもっと切実な関心を寄せられる必要があるからである。しかし、根本的な理由は、おそらく自分自身が惨めな境遇にいることを認めたくなかったからであろう。それには勇気がいるからである。しかし性の平等を主張する者として、他の人以上にはっきりと社会問題を解決したいという思いがある。そのためには、誰かが率先して声を上げる必要がある。そこで試みとして、いま起きているすべてをしっかりと記録していこうと決めた。いまの私には確かにサポートが必要だから。

　自分の記録を公開してから、たくさんの情報を得た。中には日常生活のノウハウ、たとえばビタミンCの発泡錠を毎日飲んではいけないこと、マスクと手袋の外し方、オセルタミビルは勝手に服用しないこと、なども含まれている。他にも心を動かされ、慰《なぐさ》められたことがあった。南京のアヒルの塩漬けを送りたいと言う人、それもスーパーで買ったものではなく、いわゆる有名店のものでもないが、普段は行列に並ばないと買えないようなその筋の専門店のもので、庶民には特に美味しいと喜ばれていて、しかも包装は真空パックである。リップクリームを塗るようにと注意してくれる人、他にマスクと消毒用アルコールを送ってくれた人、お金を送ってくれた友人までいる。

　ここ二日、食事を作る時におかずの量を控え始めた。毎回の量をいつもの半分にして、早々に漬物だけの生活になるのを避けたかった。大晦日〔二十四日〕の夜、私の夕食は三〇〇グラムのトウモロコシ、野菜、豚肉入り餃子、それに鶏の手羽先の照り焼きが五本。

もちろん、昨夜は食べる量を減らさなかった。

食事をしながら、数人の友人とビデオチャット〔インターネット回線を用いたビデオ通話〕をした。みんな肺炎の話題からは逃れられない。実際、各地でいろいろな人が多かれ少なかれ何らかの影響を受けていた。武漢所轄の周辺都市に住む友人、別の地方に住み、肺炎のために帰省しないと決めた友人、「死の危険を冒《おか》して」集まる友人たち。幸い、話題は完全に肺炎に支配されず、肺炎について話すときでもそれを冗談にした。話の途中誰かが咳をすると、その人はこの場から退出するようにと冗談を言う人もいた。

異性恋愛についての嘲笑《ちょうしょう》から出て、私たちは「知らない者同士をすぐに恋愛に陥《おちい》らせる三六の質問」というゲーム[2]を始めた。最初の質問は、「世界中の人から任意に選べるなら、誰を晩餐《ばんさん》に招待したいですか？」というものだった。二人の友人が私を招待したいと言い出し、少し気恥ずかしく身の置き所がないような思いであった。彼女たちは当然本心からそう思ってくれている。いまは特に、私がどれくらいこの都市に閉じ込められるかもわからないからである。そこで私は言葉をはさんだ。この質問は、自分のアイドル、スター、性的空想の対象について話すべきだと。その結果、それぞれの答えはとてもユニークなも

2　原注：心理学者アーサー・アーロン（Arthur Aron）の実験から生まれた理論で、人と人との間が親密な仲に発展するのは、快楽の享受ではなく、相互に弱点を隠さずに表すこと、というもの。質問には三つのグループがあり、合計三六問、一組ごとに質問は深くなる。

ので、鍾南山《しょうなんざん》[3]を選ぶ人もいた。

次の質問は、「あなたは有名になりたいですか？　どのような方法で有名になりたいですか？」。答えが「有名になりたくない」だと、ゲームが続かなくなってしまうので、質問を「有名になるなら、どのような方法でなりたいですか？」に変えた。ただ、これもあまり面白くない質問だったので、すぐにやめてしまった。次に何について話そうかと思っていたところ、最近疑問に思っていることをみんなで話し合いたいと言う人がいた。そこでやや真剣なテーマを話し始めた。人は呉昕《ごきん》〔テレビ番組の司会者、女優〕一人をなぜ〔男女関係のもつれの中で〕あんなに攻撃するのかとか、親しい関係の中で女性が弱さを見せるのをどう見るか、といったものもあった。フェミニストの友人たちは、ある個人の言動ではなく、女性の置かれている環境を常に見ている。個人を攻撃することはとても簡単だが、我々はみなある社会構成の中で生きている。たとえば、私は自分がいま抱いている絶望感を、誰か特定の個人のせいにはできない。それはむしろ腐敗した社会制度と構造への失望である。政府は資源も権力もあり、何かできるはずなのに、実際はその逆である。その後、焼肉の宅配を頼んだ友人の家族がいて、私が見ている前で遠慮なくとても幸せそうに食べるのを見ていた。私への遠慮がなかったのが嬉しかった。そんな必要はまったくないのだから。みんなそれぞれ自分の生活をすることが大切である。

ビデオチャットは十一時過ぎまで続き、三時間近く話したことになる。しばし幸せな気持ちにひたった。こうした満ち足りた気持ちのまま眠れればと思った。でも目を閉じれば、最近の出来事が次から次へと脳裏に浮かび、まるで幻影を見ているような感じだった。

脳裏には「なぜ、自分はこんな目に遭ってしまったのか」という考えがよぎり、慌てて振り払おうとした。それはあまりよくない予兆でもあったからである。人はずっと疑問を持ったまま生活をしていると、無力感しか湧いてこない。大変なことはわかっているが、「どうすればいいのか」がもっと大切である。そう思うと、思わず涙が溢れてきた。この涙にはいろんなものが雑《ま》じっている。無力感、憤《いきどお》り、感動、悲しみ……さらには、死をも考えた。実際、たいして思い残すことはない。いままでやってきた仕事は充分に価値のあるものだと自分では思っているから。

私の人生で一番の幸運は、フェミニストになったこと、そして志を同じくする友人たちと一緒に仕事をし、お互いに支え合い、付き添ってきたことである。でも、このままで終わりたくはない。すると突然脳裏に「封鎖が解かれた後、何をすればいいだろう」という考えが浮かんできた。封鎖が解かれたらどんなに嬉しいだろう。この困難を乗り越えたら、私の人生は確実に一歩前進する。その後、すぐに考えるのをやめた。まだロックダウンが

3　一九三六年〜。呼吸器内科の医師で、中国工程院の院士。二〇〇二年から二〇〇三年にかけてＳＡＲＳの感染が拡大した際、感染の中心地となった広東省の広州市呼吸器疾病研究所所長として、早くからその特異性と危険性を察知し、治療を指揮した。今般の新型コロナウイルス対策でも科学研究部門の責任者を務めている。

始まって二日目。それからどれくらいたったか、いつの間にか眠入ってしまった。

　今日は朝七時過ぎに目を覚ました。起きる気はなく、しばらくそのままベッドでぐずぐずしていたが、眠れないので起きることにした。病気にかかりはしないかという思いが、いま最大の心理的障害になっている。朝、鼻をかんだ時に血が混じっていたのを見て、本当にびっくりした。ティッシュを捨てた後も、病気にかかったのではないかとの不安が頭にこびりついて離れない。すると去年十二月末からいままでの疑わしい症状をいろいろ思い出した。十二月三十日は同済《どうさい》医院の眼科で検査をした。一月九日は桂林《けいりん》に行って遊んだ。その時に友人が風邪を引き、私もうつされた。一月十三日、武漢に戻り、薬は飲まなかったが、風邪は明らかに改善していた。その後、わが家に友人が数日滞在。その間にも友人数人と会ったが、彼女たちは目下のところみな無事だ。外出すべきではないのではないかとは思った。しかしその時は熱はなかったし、食欲もあったので、友人と火鍋《ひなべ》でも食べようと思ったのである。やっぱり、自分が病気罹患症の渦に巻き込まれてはいけないと思い、すぐにフィットネスのアプリ「Ｋｅｅｐ」を開き、体を動かし始めた。運動をした後、私はやはり外へ出た。

　外は相変わらず人気《ひとけ》がなく、寒々としている。

今日、私は二重にマスクをつけたが、多くの人が無駄だし必要ないと言う。私はむしろ偽物の不良品であることのほうが心配で、これならいくらか安心感がある。出かける時、エレベーターの鏡で目やにに気づいたが、そのままにしておけば自然になくなるだろうと思った。通りを歩いていると、腰花麺《ヤオホワミエン》（豚の腎臓（腰花）などの入った豚骨スープのラーメン）の店が開いているのを見つけて入ろうとすると、店主が手を振って営業していないと合図をする。葬儀用品店はまだ開いており、店先に菊の花がたくさん並べてあるが、特別な意味でもあるのだろうか。そこから五メートル離れた路地の入口にも、同じような菊の花が置かれていた。お年寄りが一人、そこに佇《たたず》んでおり、何だか厳粛な感じがしたので、私は通り過ぎた後、そっと振り返って写真を撮った。

ほとんど空となった野菜コーナー

　昨日と同じスーパーに入った。野菜類の棚はほとんど空になっていた。餃子や乾麺もほとんど残っていない。今日は量り売りのレジの列は長くなかったので、さつまいもを買った。スーパーに来たら何か買わなければと思ったが、本当はもうお米を七キロも買いだめしている。

それでもまた二・五キロのお米を買い、さらに我慢しきれずに餃子、塩漬け卵、ソーセージ、小豆、緑豆《リョクトウ》、粟を買った。塩漬け卵はあまり好きではないが、万が一のための蓄《たくわ》えとして。封鎖が解けて塩漬け卵が残っていたら、誰かにあげよう。

ふと、こうした行為が少し病的ではないかという考えがよぎる。家には私一人が食べるには、少なくとも一か月以上の食料があるからだ。でも、こうした状況下で、自分をひどく責められるだろうか。

昨日と同じ薬局にも行った。消毒用アルコールがあるか尋ねると、店員は「ありません」と言った後に、「昨日も来たでしょう？」と付け加えた。「そうよ」と答えながら、これから毎日来るかもしれないよ、と心の中で思った。

花屋もまだ営業中だが、売れ残った鉢植えはどれも生気がなさそうである。葉っぱに斑点のあるポトスを選んだ。手がかからないからである。家には薄荷《はっか》も一鉢あるが、葉っぱが少し黄ばんできている。初めて薄荷を育てるので、原因がわからず、どうすればいいのかもわからない。続いて野菜市場へ行ったが、今日は営業していなかった。

今日は河畔へ行ってみる計画であった。

出かける前に水を飲んだので、スーパーをうろうろしていた時にはすでにトイレに行きたかった。そのうえ荷物も手に抱えていたので、この計画は諦めようかとも思った。しかし、私の暮らしはまったく単調すぎる。

スーパーから河畔までの距離は五〇〇メートルくらい。スーパーのそばの道から遠回りして河畔に行ったが、途中、二軒の雑貨屋がまだ営業していた。犬の散歩をする人もいた。

ここは歩いたことのない道で、何だか自分の世界が少し開けたような気がする。

河畔には、ちらほらと散歩をする人がいた。彼らも閉じ込められるのが嫌な人たちなのだろう。

毎日のスーパー通いは、自分にとっては最後にすがるもののようでもある。私は毎日スーパーに出かけて、リラックスする時間も持たないといけない。でも、いつか太陽が出たら、スーパーには行かず、河畔を歩きに来よう。

フォロワーからのメッセージ

- いつの日か太陽が出て、河畔へ散歩に出られることを祈っています。
- これこそ真実の閉じ込められた生活。
- 今日ＢＢＣの中国語サイトであなたの文章を見ました。あなたは独りじゃないですよ。文章を読んだ数え切れないほど大勢の人が、静かにあなたを励まし応援しています。

一月二十六日

封鎖されてもまだ人の声が

封鎖されているのは一つ一つの都市だけでなく、人々の声も。

初日に日記を微博《ウェイボー》にアップしようとしたら、写真は上げられず、文章も送れなかったので、仕方なく文章を画像に変換して投稿した。昨日は文字を画像にしてもモーメンツでは共有できなかった。微博にアップ後、通信のデータ量が制限されていたことがわかった。一月二十四日に発表した微博の日記は五〇〇〇人近くの人が拡散してくれたが、昨日はわずか四五人だけだった。一瞬、自分の文章が上手くないからだろうかと思ってしまった。

ネットの検閲と制限はいまに始まったことではないが、このような時にはいっそう酷《ひど》くなる。ロックダウンにより多くの人が家の中に閉じ込められても、ネットによって情報を得て、家族や友人と連絡を取ることで、私たちは孤島の住人にならずに済んでいる。二十四日に日記を微博にアップした直後、中央電視台の『ニュース調査』という番組のプロデューサーから電話をもらった。私の日記を読み、武漢にいることに初めて気づいたという。彼女は昨年、就職における性差別の番組を作った時、私がここ数年それに関連する仕事をしていたことから、すぐに取材に来てくれた。その後、あまり連絡はなかったが、今回電話をもらったことに、少し驚き、また感動した。

　この二日、ある人とは現在の状況をともに分かち合い、ある人は私を気遣い幸運を祈ってくれた。日記を書き始めた頃、毎日書き続けられるかどうか確信がなかったが、いまは誓って言える。「私は必ず書き続け、それを発信する努力をする」と。今後は閉鎖されてしまうかもしれないが、私の日記を見たら、みんなには拡散を手伝って欲しい。そして@マークをつけて、読んでくれる人がいることを私に知らせて欲しい。


　昨日の夕食はトマト、ヨーグルト、ナスの炒めもの。

　昨夜も友人たちとビデオチャットを三時間以上続け、さまざまな話をした。再び「世界中の人から任意に選べるなら、誰を晩餐に招待したいですか？」の話になった。前日に私と一緒に夕飯を食べたいと答えた友人は、今度は別の人を選んだ。

　みんなは、体を鍛えることの大切さはわかっているが、一人で続けるのは難しいと言う。数日前、私の家に泊まっていた友人が言うには、わが家にいた時には毎日、二人で何とかウクレレの練習を頑張ることができていたが、独り暮らしに戻ると、すぐにやめてしまった、と。そこで、みんながビデオチャットで集まる時に一緒に運動しようと提案すると、何人も本当に実行するようになった。

　北京のある友人は、北京発の都市間を結ぶ長距離バスがすべて運休だといい、広州の友人からも、広州のロックダウンに関する巷間《こうかん》の情報があった。みんなから、買い物のリストを記録するように言われた（今日の日記の最後に貼っておくことにする）。さまざまなボランティア団体が、物資を援助したり、情報を整理したりしている話も出た。

この肺炎の嵐の中で、看病などにあたる女性たちの立場と視点が無視されているのではないかと思い、「肺炎に関するフェミニスト」というグループチャットを作ったので、フェミニズムの視点から議論と行動を展開したい。

みんなでどうするか一緒に討論し、助け合えば、いくらか無力感を克服することができるだろう。

生活に大きな変化が生じた時、日常生活を立て直すことは大きな挑戦である。朝は「Ｋｅｅｐ」〔前出〕を使って運動することを続けている。「Ｋｅｅｐ」は音声で指示をしてくれる。もともとは、肘《ひじ》と膝《ひざ》をついて腕立て伏せをするつもりであったが、肘を立てたままやっていることにふと気づいた。運動に集中できず、他のことで頭が一杯になっている。しかし新しい日常生活を構築することは、達成感を取り戻すことであり、健康維持のためにも頑張らなくてはならない。

出かけようとしたら、昨日の洗濯物をまだ干していないことに気づき、仕方なく別の外出用の服を準備した。

シャッターを下ろした葬儀用品店

コミュニティを出た瞬間、なんとも言えぬ寂莫《せきばく》たる思いに襲われた。道の両側の店舗がすべて閉まっている。見かけた人はわずか三人。一人は清掃作業員、一人は警備員、そして歩行者が一人。今日出会う人は何人だろうかと、思い始めた。

家から五〇〇メートル離れた腰花麺のラーメン店までの間に、計八人に出会った。ラーメン店はドアが開いており、店主は以前通り出前をやっていた。葬儀用品店のほうは営業していない。昨日のお年寄りは路地の入口に立ち、マスクもせずに通りかかるまばらな人影を眺めている。スーパーはまだ開いているが、野菜、乾麺、お米の棚には何もなく、今日も量り売りのレジには多くの人が長い行列を作っている。スーパーの中を一周したが、買うものはなく、少し自分を褒《ほ》めたい気分であった。花屋の店員は配達で店を空けており、野菜市場は閉まったままである。

毎日歩くコースを歩き終えると、不意にこのまま家に帰りたくないという気持ちが起こった。自分の生活を狭い範囲に閉じ込めたくない。そこで先へ進もうと決めた。

武漢に来て二か月以上たったが、街をぶらぶらするのにはあまり興味がなかった。この都市に友人はいないので外出することも少なかった。十二月の末に別の町から友達がやってきた時、彼女は私を連れ出して、家の近くにあるネットで人気の曇華林《どんかりん》[4]へ行った。その時、私はこれからは友達が来たら、彼女たちもここに連れて来ようと言った。通りに曇華林への案内板があったので、示される方向へ歩いた。

信号機が点滅し、赤になったのを見て思わず足を止めたが、道を走っている車がまったくないことに驚き、また歩き出した。案内板は、都市の中で開発から取り残された村落に私を招き寄せた。狭い道を歩いて、自分の足音を聞きながら、何だか少し武漢を知ったように感じた。

開いているドアからは葬儀のしつらえの部屋が目に入る。遺影の女性は、肺炎で亡くなったのだろうか。

その村落は迷宮のようで、中に入るとどこに通じているのかわからない。私は自分がど

4　武昌区糧道《りょうどう》街にある旧市街。一二〇〇メートルの通りには、リノベーションされた教会・学校・病院など百年以上前の近代建築物が立ち並び、一種の文化街となっている。54頁参照。

こをどう歩いたのかわからなかったが、結局、曇華林までたどり着くことはできなかった。しかし、もともと曇華林はどうしても行かねばならないという目的地ではなかった。一キロほど歩いて、元の道を引き返した。帰り道、葬儀のしつらえのあった家のドアはもう閉められていた。四、五軒の家の入口に、死者を追悼する対聯《ついれん》が貼ってあったが、先程通った時にはまるで気がつかなかった。

スーパーからは正確に数えられなかったが、今日は一〇〇人余りに出会っただろうか。帰宅すると、いつものように着ていた服を洗濯し、シャワーを浴び、床を拭き、炊事をし、食事を済ませ、やっと一息ついた感じがした。少し疲れたかもしれない。これはおそらく多くの家庭では主婦の日常の仕事であろう。一日また一日とこのような生活を繰り返せるなんて、彼女たちは本当に大したものだ。

ちょっとひと眠りしようとしたが、できなかった。今日の記録をしないといけない。声を出し続け、封鎖を突き破りたい。そして、希望も捨てないで欲しい。友よ、チャンスがあれば、お互い直接会って話をしたい。

■買い物リスト

生存に必要不可欠なもの：お米、乾麺、漬物、塩漬け卵など

（これらは生命維持に必要なもの、しかも長期間保存できる）

生活の基本食品：じゃがいも、にんじん、玉ねぎ、セロリ、にんにくの芽、肉類など
（これらは普段の料理に使うもの、比較的保存できる）
「贅沢品」：小魚の干物《ひもの》、豆腐干《とうふかん》〔岩豆腐〕、ジャーキー、蜂蜜、ヨーグルトなど
（これらはある程度食の欠乏感を補うことができる。生活はただ生存していくだけではない）

フォロワーからのメッセージ

- すべてはきっとよくなっていきます。インスタント麺を少し蓄えておいてください。私は秦皇島《しんこうとう》に住んでいますが、ここも観光都市です。インスタント麺を六ケース備蓄しました。今日は外出してにんじんを十本ほど買いました。長期保存できる野菜は長く食べられます。電気、水、ガスも充分です。
- あなたと一緒にいたい。私も武漢にいます。毎日よく眠れません。食事も何を食べたらいいかわかりません。

第二章

封鎖の中で新たに
自分の居場所を探す

一月二十七日

世界はかくもでたらめ

昨日は、日記を書き終えるとベッドで二、三時間眠りこけた。日記を書くことがこれほどまでに精神と体力を消耗する仕事だとは思わなかった。ロックダウンによって時間と空間が静止したが、情感と情緒は拡大された。

私はかつてこれほど自分自身に関心を払ったことはなかったが、多くの些末な思いさえ、このような時にはすぐに消え去らない。普段ならマイナスの感情をコントロールする方法や発散の仕方はたくさんあり、さらにはそこから逃避することもできる。ところが封鎖の中では、これが難しくなった。以前はパーティー、ゲーム、趣味などのたくさんの方法によって自分でコントロールできたが、いまはすべてが難しくなった。

どす黒い霧が私たちの生活を覆い隠し、私たちはこれを無視することはできない。

最近ゲーム好きの友人の一人が失業したが、ゲームをしたいと思わないほど焦っているという。ゲームは彼女が日常から逃避するための手段だったが、仕事を探すということが重要になって逃避しようにもできなくなると、ゲームはする意味を失ってしまった。

ベッドに横たわり携帯をいじっていると、突然、隣室から笑い声が聞こえてきた。それが何だかとても貴重なものに感じられた。ここ数日、外で目にしたのはすべて緊張と焦り。ネットでちょっと切なくて笑えるものを見た。窓を開けて大声で叫ぶ、「そっちに、誰かいるか？　出てきて喧嘩しよう！」。またある人は、自分も連れ合いも家に閉じ込められて、することもなく、嫌になるほど愛の営みに励んだという。

昨日の夕食は麺を食べた。そしていつも通り、友人とビデオチャットを三時間余りした。最近、耳にピアスの穴を開けた友人は、穴に通しておく針を失くしてしまい、いまは外出してまで買おうとは思わないので、しばらく茶柱で代用しているとか。洛陽《らくよう》にいる友人は、自分の父親がとても落ちついているのは、たぶん色々なことを経験したからだろう、と語った。

災難は、人類にとって逃れようのない運命の一部である。たとえば私たちは二〇〇三年にはＳＡＲＳ《サーズ》、二〇〇八年には四川《しせん》大地震を経験している。

その後、話題はどういうわけだったか、イブニングドレスを着ての高級パーティーに及んだ。武漢のロックダウンが解かれたら、私のためにパーティーをやろうと提案する人がいたが、みんな寄ってたかって、衣裳が高いし、そんな服は普段あまり着ないと言い出した。来年の春節はいまと同じだろうかと聞く人がいた。そんなにたくさん集まることもないので、多くのよく知らない親戚とも気まずい会話をしなくて済むだろうと言ったが、みんなはきっとそうはならないと言う。むしろ反動として集まっての食事も増え、結婚を急かされるだろうから、肺炎のために今年できなかったお見合いが、来年はきっと倍増するにちがいないと言う人もいた。

夜、数人の友人と旅行に出かける夢を見た。夢の中にも肺炎が出てきた。みんなで外出して食事に行こうとすると、確かに営業中の店もあった。しかし私は懸命に店内で食べることに反対し、テイクアウトを主張した。店内だとマスクを外さないといけないからである。でも結局はなぜか店内で食事をした、という夢である。

昨夜のビデオチャットでは、ある友人がロックダウンが解かれたら私に食事をごちそうすると言ってくれ、私も遠慮せず火鍋《ひなべ》が食べたいと応じた。

今日の武漢の空は曇りだったが、少し明るくなった。外へ出て間もなく、廃墟に二匹の猫を発見した。猫と見つめ合っていると、世界の終末の日のような感覚に強く襲われ、私と二匹の猫だけがこの世界に取り残されたかのような感覚になった。

残念なことに食べ物を何も持ってこなかった。今度出かける時は、野良猫や野良犬に何か餌になるものを持ってこよう。

ラーメン店はまだ出前をやっている。昨日、葬儀用品店の前に置いてあった二つの花輪はなくなっていた。前の二日間、路地の入口にいたお年寄りの姿も今日は見かけない。

スーパーの野菜、お米、乾麺の棚はこの前同様、すべて売り切れ状態、塩の棚にも何もない。今日は量り売りのレジにいつもより大勢の人が並んでいる。おそらく貯蔵の補充であったり散歩がてらの買い物であったりするのだろう。今日は84消毒液〔次亜塩素酸ナトリウムを主要成分とする消毒液〕があったので、二本購入した。

今回の外出では食料は買わず、欠乏感にいくらか勝った気持ちになった。

実はこのところ、買い過ぎたかもしれないと心配していたものの、我慢できずについ買ってしまっていた。これは、おそらく生活に困窮していることが関係しているのだろう。私は、ディスカウントショップや在庫一掃セールの店では足を止めてしまい、割引きされている時に買うのがいいと考えて、つい必要のないものまで買ってしまう。節約のためなのだが、結局は浪費になってしまう。

スーパーの一隅

薬局にはやはりマスクと消毒用アルコールがない。花屋は依然「配達中」である。野菜市場は開いていないが、二、三人が露店で野菜を売っていた。

今日は曇華林《どんかりん》まで歩いた。路地の入口にも野菜売りがいた。曇華林に入るなり、ある小吃《シャオチー》〔点心などの軽食〕

の店からおいしそうな匂いが漂ってきて、店先には立っている人がいる。喜びのあまり、すっかり営業中だと思って、一声かけてみた。こんな状況でどうして営業できるんだと、店主に言われた。

曇華林はネットで有名な文化の街だ。コーヒー店、飲み物屋、装飾品の店などが多い。ゆっくりと時間を費やせるところだったが、いまは逆に街全体に閑古鳥《かんこどり》が鳴いている。お年寄りが一人、窓を開けて二階から外を眺めている。曇華林歴史文化街区の中庭のほうから葫蘆《ひょうたん》の笛の音が聞こえてきたので、中に入ってみると、そこには新春の飾りがあるだけだった。一部の店の入口にガラスの風鈴がぶら下がっており、風に吹かれて澄んだ軽やかな音を奏でていた。風鈴には、仕事、学業、愛情、健康を祈る言葉が書かれている。いつもなら、それらを真情を覆い隠すものだと感じるのだが、この時はなぜか脳裏に多くの人が真剣に願いを書く姿が浮かんできた。

曇華林を出ると、「盒馬鮮生《フーマーシエンションー》」のスーパーを見つけたので、入ってみた。入口では体温をチェックしていた。このスーパーは相当大きな店だが、野菜の棚はやはり何もなかった。店内には春節の曲が流れている。特に買い物をするつもりもなく、軽い気持ちで店内を見て回っていたが、火鍋の材料を売るコーナーまできて、今晩は少し生活を改善できるのではないかと思い立ち、思い切って六五・七元で一人前の火鍋セットと螺螄粉《ルオスーフェン》（田螺《たにし》や湯葉《ゆば》などの入った辛口のうどん」を買うことにした。レジに並んでいると、音楽につられて体が動き出した。私は「広場ダンス」[2]が好きで、その強いリズムには躍動感がある。踊る人は誰もがみな元気いっぱいで、見ているだけで心浮き立つ。

スーパーを出た時には、足どりが軽快になり、鼻歌まで出てきた。

武昌《ぶしょう》区人民政府の門の前まで来ると、中年女性が一人、黄色く塗られた自転車（シェアリングのレンタサイクル）に跨《またが》って何やら叫んでいた。武漢方言なので、わずかに「どうか責任者の方に引き会わせてください」、「二十何年も」という言葉だけが聞き取れた。女性は、何度も同じようなことを叫んでいた。数台の車が中に入って行き、警備員もいるが、誰もそれにかまうことはなかった。彼女はまるで透明人間のようであった。

こんな時にも政府の門の前で叫び続ける彼女は、たぶんこれが初めてではないだろうし、おそらく最後でもないだろう。

1　フーマー・フレッシュ。二〇一五年に設立された新興の生鮮スーパーで、アリババ・グループが主に出資している。実店舗のスーパー・飲食店での販売に加え、アプリを利用してのオンラインショッピング、配送を行う。

2　都市・農村を問わず、中国全土の広場で集団で繰り広げられるダンス。参加者は女性、特に中高年層が圧倒的に多く、美容と健康の増進を兼ねているとされる。さまざまなリズムを取り入れているが、総じてアップテンポで、音量が大きい。

私の気持ちは急にまた重くなった。一〇〇メートルほど歩いても、後ろから「どうか責任者の方に引き会わせてください」との叫びが聞こえていた。

やがて公安局の警務総合サービスステーションの前に出た。入口の大きなスピーカーからは、アナウンサーが高ぶった調子で読んでいるスローガンが聞こえてくる。「新型コロナウイルスの防御戦はすでに始まりました……。我々は互いに警戒を怠《おこた》ることなく互いに助け合い、心を一つにして困難に立ち向かえば、必ずや今回の新型コロナウイルス感染による肺炎の広がりを防ぐ戦いに打ち勝つことができます！」。人気《ひとけ》のない通りにスローガンが何度も繰り返される光景は、何とも皮肉なものであった。

コミュニティの入口に戻ってみると、「みんな出てきて話そう、そうしないとカビが生えるぞ」と誰かが大声で叫んでいた。傍《かたわ》らで何人かがうれしそうにはやしたてる。自分も思わず笑った。

私は終始変わらない気持ちで全篇の日記を書くことができない。

この世界はかくもでたらめ、私はただそのでたらめを一つ一つ書き記すだけである。

フォロワーからのメッセージ

この世界はかくもでたらめ、あなたの記録に感謝します。

一月二十八日

一緒にネットワークを作ろう

封鎖は恐慌をもたらし、恐慌は人と人の隔《へだ》たりをより深刻にしている。

多くの都市では、公共の場所で必ずマスクを着用することが求められ始めた。表向きは肺炎防止のためだが、実際には権力の濫用をもたらした。昨日は、広州でマスクをつけていなかった市民が地下鉄から降ろされたり、唐辛子スプレーを噴きかけられたりした。その人たちがなぜマスクをつけていなかったのかはわからない。たぶん買えなかったのか、着用の通達を見ていなかったのだろう。いずれにしても、外出の権利がはく奪されてよいわけではない。政府には、市民に外出を控え、公共の場所でのマスク着用を勧める方法がいくらでもある。たとえば全員のマスクを確保するとか、外出しない市民に奨励金を出すとかである。

ネットの動画には、一部の人たちが自主隔離をしている人の家のドアを封鎖しているものがあった。

湖北省の人たちが各地で排除され、行き場を失っている。本当に怖い。肺炎への対応は、人が人を警戒させるものではないはずである。

同時に、こうした隔壁を打ち壊そうと努め、湖北省の人たちに住居を進んで提供する人もいる。

ロックダウンの中で、信頼と連帯を築くのは簡単なことではない。昨日、ある記者から、他の人との交流を考えるかと聞かれたが、「よくわからない」と答えた。都市全体が重苦しい雰囲気に包まれており、その中にあって、知らず知らずのうちに臆病になり、気ままに人と交流する気もなくなっている。封鎖は人々の生活をアトム化〔原子化〕[3]してしまい、他者とのつながりもなくしてしまった。しかし人々は現状に甘んじてはいない。昨日の夜八時頃、外で大きな声が鳴り響いた。みんなが一斉に窓を開け放って「武漢がんばれ」と叫んでいた。この集団の叫び声は、一種の自分自身に賦《ふ》与《よ》された人間力を高める行為であり、人々はそこからつながりを求め、また力を獲得する。

昨日の夕食は一人火鍋だった。

夕食後、いつものように友人たちとビデオチャット。毎日のビデオチャットはなかなか大変で、すぐに話題がなくなる。そこで、順番に秘密話を分かち合うことにした。

3　原注：社会や機構が巨大化し複雑化する中で、人間が主体性を喪失し、また他者との連繋を見出せず、人間関係が希薄化して孤立した状態にあること。social atomization。

街路を清掃する作業員の後ろ姿

北京のＢｃｏｍｅ[4]というグループが創作した「陰道の道」[5]（中国版のThe Vagina Monologues〔ヴァギナ・モノローグ〕）[6]には、こんな台詞がある。「**我々が口にしないものが秘密となり、これらの秘密が羞恥心《しゅうちしん》、恐怖、神話を生む**」。話はそれぞれの独特の生活習慣に及び、中にはシャワーの嫌いな人、家族との関係や家族の秘密を話す人もいた。続いて買い物記憶喪失症の話になり、何を買ったのか忘れたりとか、わけのわからない変な買い物をしてしまったりという話も出た。ダイエットに効くとされている唐辛子のクリームを買って体に塗ったら全身が火照《ほて》ったとか。話題は自然に肺炎にも及んだ。みんなで見聞きした情報をシェアし、都市機能の維持を支えながら顧《かえり》みられない人たちについても話をした。そこで、私はこの人たちが何を必要としているのか理解しようと決めた。

この数日、生存不安障害は徐々に薄らいできた。毎日外出していくら遠くまで歩いたとしても、ここの人たちとつながらなければ、どれほど遠くに行こうと何の意味があるだろうか。社会参加は、人間にとって重要で必要なことだ。人は社会の中に自分の役割があれば、自らの社会的価値を発揮することができ、自分の命に意義を与えられる。自分もこの孤立した都市の中で新たに自分の居場所を探さなければならない。たとえ私がこの都市の中で何の資源も人脈もなく、車もないために行動範囲に制約を受けるとしても。昨日シェア自転車に乗る人を見かけたので、自分もそれに乗って外出できると思った。

今日、武漢はやっと晴れた。陽射しがあるので、まるで私の気持ちと同じ。

コミュニティを出ると、見かける人は少し多くなっていた。コミュニティのスタッフが二、三人でなにやら逐一検問をしている。住民以外の外部者を調べているのだそうだ。その一人の年配の女性に、マスクを配っているのかを聞くと、ないと言われたが、もう一人の男性のスタッフが駆けつけて「ありますよ」と言う。その後、八人の清掃作業員を訪ねた。女性六名、男性二名。毎日の平均勤務時間は七、八時間。一か月の給料はほぼ二三〇〇元から二四〇〇元、税引き後には二〇〇〇元にもならないとのこと。

肺炎期間の給料に特別の変化はないかと尋ねた。春節の三日間だけ二倍もらえると言う

4　原注：二〇一二年に成立した青年のフェミニストのボランティア団体。構成員は多彩で、主な活動は、『陰道之道』（二〇一三年）という芝居の創作と演出。二〇一五年から独立運営。

5　原注：『陰道の道』は、創作に参加した女性たちの日常生活における体験と社会観察に基づき、女性がいかに無視されているかを語るもの。二〇一三年から各地で公演され、のべ三五〇〇人が観賞した。

6　原注：アメリカの作家イヴ・エンスラー（Eve Ensler）によって創作された脚本で、一九九六年初演。一九九七年にオビー賞を受賞。現在まで五〇以上の言語に翻訳され、一四〇か国で上演された。

人と、まったくわからないと答える人がいた。毎日、84消毒液と繰り返し使用する作業用の防護手袋は受け取っているが、使い捨て手袋はなく、マスクは不足していた。状況がいい時には一度に二〇枚のマスクが配られ、使い終わったらまたもらえたが、最悪なのはロックダウンが始まって以来、たった二枚しか配られていないことだ、と。

彼らはみな善良で、ある人は医療用の使い捨てマスクがないので、マフラーで口元を隠している。私は外出のために持っていた医療用の使い捨てマスクを三枚渡して出てきた。

彼らの中には言葉に訛《なま》りの強い人がいて、聞くのはかなり苦労した。年配の女性清掃作業員が我慢できずにマスクを外そうとしたが、すぐもとに戻した。

自分でマスクを用意した人もいた。「家族のため、みんなのため、国のためよ」と言う。

家族は心配していないかと聞くと、年配の女性は「もちろん心配してる」と答える。彼女はすでに息子夫婦とは別々に住んでいるが、息子夫婦は外出しないので、代わりに買い物をしてドアのところまで届けており、不安で心理的プレッシャーも大きいと言う。彼らはみなわずかばかりの給料であることに加え、基本的な防護措置がないのに、それでも頑張って仕事をしている。

我々は、本当にこの人たちの頑張りに値するのだろうか。

三人の宅配の人たちとも話をした。全員男性である。

配達員の勤務時間は不定だが、みなマスクは用意していた。少なくとも一日二枚の他、宅配用のケースの消毒は欠かさない。「美団外売《メイトゥアンワイマイ》」〔アプリを利用してのフードデリバリーサービス企業〕の配達員は手洗い用消毒液も配っている。給料は増えたのかどうかを聞くと、宅配の仕事は分類が複雑で、サプライヤーや商品の重量によって料金はばらばらだという。「美団外売」の特別配達は一件につき平時より三・五元高く、「餓了麼《ウーラマ》」〔前出〕は通常より四元高いと言ったが、もう一人は違いがないと言う。コンビニにも寄った。朝五時に開店、夜十一時に閉店で、店員はN95のマスク〔NIOSH〈米国労働安全衛生研究所〉規格に合格したマスク〕を一日一枚配られるが、消毒用アルコールは不足気味、いまは主に「餓了麼」での注文を受けることが多いという。

清掃作業員の手袋

私は自分をつながりの結び目にしなければならない。そこでこの日記に微信《ウェイシン》のQRコードを貼っておくので、ぜひ私を加えてください。

もしあなたも武漢在住で、封鎖を打ち破るのに尽力したいなら、顧みられない人たちのために少しでも力になることを一緒にしましょう。もし武漢以外のところにいて、マスクなどの必需物資を支援したいなら、私宛に送ってください。私が必要とする人たちに送り届けます。

一緒にネットワークを作りましょう。

フォロワーからのメッセージ

私はその食事を届けるという清掃作業員の女性とは正反対です……。私と主人が食料を買ってきて、それから両親と義理の親のところへ届けます……。ドアのところまでで、顔は合わせません……。私たちは若いのでおそらく頑張れますが、親たちは本当に弱いのです。

実際、他のところでもマスクは手に入らず、みな社会に迷惑をかけないために家にこもっています。私の外出の頻度はあなたよりずっと少ない。野菜はほとんどが瞬時になくなるので、大根と油菜しか買えません。こちらの患者は武漢ほど多くありません。病気にならないように頑張って、医療物資と医療従事者を市内の人と武漢の人たちのために取っておく、これが私にできる唯一のことです。

「善き人々の一生は平安」であることを祈っています。

一月二十九日

あなたは独りじゃない

二〇一七年の末、私は「０７４法律顧問ホットライン」を立ち上げ、職場で性差別を受けた女性たちに法律相談を提供してきた。昨日の午後、妊娠によって差別を受けたという電話相談を受けた。かけてきたのはご主人で、奥さんの潘《はん》さんはある国営企業の行政職の職員で、二〇一九年七月に入職し、現在妊娠三か月。つわりがかなりひどく、特に嘔吐《おうと》が激しいので、医者に休養を勧められた。ところが、何度休暇申請をしても、会社は彼女にこの仕事にはむかないのではないかと、退職まで仄《ほの》めかしてきた。そのため潘さんは強いプレッシャーを感じているという。会社はまだ退職するように直接言ってきてはいないので、私は仕事を続け、差別されている状況の証拠を集めるように、と勧めるだけであった。潘さん夫妻はちょうど武漢に住んでおり、食料も少しは買いだめしていた。封鎖が解除されたら会う機会を作ろう。

仕事はいま、多くの人の心配事となっている。春節の休暇は二月二日まで延長されたが、疫病の蔓延が引き続き拡大すれば、どうして安心して職場に戻ることができようか。大企業なら維持できる充分な財力はあるが、休暇期間が延長されれば、小企業や個人の事業主の損失はさらに厳しいものになる。もともと収益が少なく、それに家賃の重しがあり、従業員の給料支払いの圧迫が加われば、おそらく人員整理であろう。人員削減の中で女性の働き手はいつも真っ先に整理される。個人については、一定の危険を冒《おか》してまで出勤する必要があるかどうか迷う人がいるかもしれない。その中には家のローンの返済圧力や、家族の面倒を見なくてはならない人もいる。これらの問題をどうやって解決すべきか。最終的に、やはり国がこれらの責任を負い、企業に対しては減税を、個人に対しては生活費の補助を出すべきだろう。

昨日は長く連絡のなかった高校時代の友人から連絡があった。彼女はいま看護師をしている。

「あなたの日記は全部読んでるよ。慰《なぐさ》めの言葉が見つからず、気持ちはとても重いけど、一つ言いたいことがあるの。今日、職場へ疫病と戦う前線に行く志願書を出したわ。可能なら、あなたのところで、あなたと一緒になって戦いたい。あなたは独りじゃない。国は一歩ずつ文明に近づいてる。おそらく不完全なところも多いけど、愛と希望は忘れないでね。私の記憶の中には、痩せて細い身体に強さを持ったあなたがいるわ。あなたならきっとこの感染症の状況の中でも無事に帰ると信じてる」（補記：いまの私は痩せていない）。これを読んで感動の涙が止まらなかった。

昨日の夕食は、お粥にセロリと鶏の胸肉の炒めもの。

夜は相変わらず友人たちとのビデオチャット。シャワー嫌いの友人はすでに一週間以上入っておらず、明日はきっと入ると言う。広州のセロリは五〇〇グラムで一〇元余り、北京の友人は大小入り混じったじゃがいも五個を十数元で買った。ある人は探偵小説をオーディオブックで聴き始め、自分を肺炎のニュースからしばらく隔離して、気持ちを少し整えたいのだという。清掃作業員たちに何ができるかという話題になった。その中でマスクの付け方のノウハウを配るという提案があったが、彼らの状況を考えると、中にはおそらく字を読めない人がいるだろうと思われた。しかも、私はプリンターを持っているが、ちょうどいま壊れている。日記を読んだ二人のフォロワーから、清掃作業員に渡して欲しいと現金の寄付があった。そこで、清掃作業員のために募金するかどうかについて議論した。私は一個人にすぎず、透明性と公的な信用力の保証もしがたく、義援金を管理する資格はなかった。そのため、これまで受け取った現金をすぐに寄付し、今後は清掃作業員のための寄付金を受け付けないことにした。そもそも、現金は彼らにとって必ずしも目下緊急に必要なものではない。

私たちにしてみれば、ある程度の現金の寄付は比較的簡単だが、彼らの生活に心を寄せるのはさらに難しい。

今日もよく晴れた。朝七時過ぎに一度目が覚めたが、眠かったのでまた寝た。十時近くまで昏昏《こんこん》と眠っていた。起きてからはいつものようにまず運動をした。

昨夜、友人が武漢物流協会ボランティアのチームへの連絡方法を教えてくれていた。朝食を食べてから、手助けができるかどうか連絡してみた。

今日は清掃作業員たちともう少し話をしようと思った。家を出て最初に会ったのは、買い物をして息子夫婦に届けているという昨日の女性作業員だった。最初、彼女は少し警戒したのか、私に何をしているのか、何が目的なのかを聞いてきた。ただのボランティアで、清掃作業員さんの生活を理解し記録したいのだと説明した。それでも彼女は理解できず、撮影や録音は断られ、名前も明らかにしてくれなかった。彼女は生まれも育ちも武漢で、言葉には訛りがあり、私にはまったく聞き取れない部分もあったので、記録するのにも限界があった。

だが、彼女はとてもよくしゃべる。清掃作業員となってまだ一年余りだというが、話せることはたくさんあるようだ。以前は工場で会計などの点検係として働いていたが、四十五歳で定年になった。いまの勤め先は社会保険がない。病気になったらどうするのか聞くと、体はまだ丈夫だと言う。週休一日で、仕事についてから欠勤したことはなく、風が吹こうが雨が降ろうが、暑かろうが寒かろうが、一年中街路を掃除している。一日のうち九九パーセントの時間は立ち続けている。一日中立ち続けていると、夜はいつも足が棒のように感じる。家に帰っても洗濯や炊事をしたくない時がある。彼女の担当の区域は五〇〇メートルくらいの通りである。掃除をしない時には、作業員たちは見えない場所で自分が担当する区域を観察し、どこであろうと汚れたらすぐさま出て行って掃除する。だから掃除をしていない時には、人々は彼女たちの姿を見ることはない。

彼女のご主人は亡くなって何年もたっており、息子さんが一人いる。息子さんは心臓病を患《わずら》っており、一昨年広州の病院で手術を受け、いまも薬を飲んでいるので、毎月の薬代が一〇〇〇元を上回る。体調が優れないため、就ける仕事も限られており、タクシーの「滴滴《ディディ》」[7]の運転手を始めた。数日働けば数日休まなければならないこともあり、収入も不安定。彼女の給料は、自分の生活費だけでなく、息子さんへの補塡《ほてん》に充てる時もある。

どの清掃作業員にも各自の担当の区域があるため、休み時間でも近くの場所にいる同僚と雑談はできない。丸一日一言もしゃべらない日がある。よく道を聞かれるが、態度の悪い人も多い。車を運転する人は降りてもこないで、遠くから手招きで呼ぶ。ある時など、一度道を聞いた人が別の人にも聞いて、自分がはっきりと案内した道が正しかったのに、わざわざ戻ってきて叱りつけられたこともある。「お前なんて掃除しかできん」とまで言

7　原注：アプリを通して、タクシーの予約・支払いなどを行い、運転手はその乗車料金を会社と分けあう。

われた。だから、道を聞かれても、教えたくない時がある。そんな人に道案内をする義務はないし、善意が当たり前のように思われたら、寂しさと屈辱感で元気がなくなる、と。

武漢がロックダウンされても、生きるために仕事を続けなければならない。彼女は毎日十一時に出勤し、六時に帰宅。近所のスーパーは十時に開店するので、買い物をしてもそれを持って出勤はできない。そこで、買い物はやむを得ず退勤後にしている。野菜は値上がりしているため、買える野菜は少ない。幸い、近くのホテルが野菜を安く販売しているので、じゃがいもとカリフラワーを買った。一九八元で買った一〇〇枚のマスクは、休み時間に盗まれたという。

別れる時に、彼女にマスクを数枚渡した。「ありがとう、あそこの通りでならいつでも会えるよ」と言ってくれたが、感謝されるほどのことは何もしていない。彼女の話は社会の不公平への訴えであり、人々の差別や傲慢《ごうまん》に対する訴えである。

昨日は微信のＱＲコードを公開し、より多くの人とつながり、ともに行動しようとした。しかしＱＲコードを読み取れないという人がいた。もしあなたも同じような状況であったなら、微信の番号で私を加えておいてください。私の微信の番号は１４６×××××××。

フォロワーからのメッセージ

- 北京も同じようになりました。お大事に。
- 辛《つら》い。私たちとこの清掃作業員の女性の置かれている場所は、この大病からの距離に過ぎない。

一月三十日

無力感と付き合う方法を見つけよう

びくびくしながらの生活は、人道に反するものである。毎日防御対策に多くの時間を費やし、私は少しうんざりしている。毎日、部屋の空気を入れ替えるが、数日前は曇っていて気温が低く、風邪を引くのを心配した。

私は面倒なことが嫌いで、日常生活もこだわりなどない。小さい時は農村にいたので、食べ物については「清潔であれば食べても病気にならない」というおおまかな態度である。食べ物でさえこれだから、着るものにはいっそう無頓着。外出しないのなら、何日も髪を洗わない。いま、そんな自分が少し潔癖症になり過ぎではないかと思い始めたものの、この二日間は床拭きをしていない。

昨日の夕食はじゃがいもとナスの炒め物にお粥。疲れて食欲があまりなく、作ってもしばらくは箸をつける気にはならなかった。この疲労感の多くは、心の底の深いところからくる無力感による。

夜、友人たちとビデオチャットをしていた時、毎日こうして話すことができるのは贅沢《ぜいたく》なことだと私たちは気づいた。それぞれが自分たちの毎日の生活について話した。昨日から運動を始めた人、勉強を始めた人。普段はあまり外出したいとは思わないが、外出が貴重なものとなり、いつか永遠に外出できなくなるのが心配で、いまは毎日でも出かけたいという人。食料確保の道がなくなるのではないかと心配し、毎回の食事は無理をしてでもお腹いっぱい食べているという人もいた。

　河南省の大半の高校生が試験を受け直すことになり、大きなプレッシャーに直面しているという話が出た。多くの大学の先生は、授業で教科書をただ読むだけだったり、雑談ばかりしている。大学生活は自分たちの人生観、価値観にあまり役に立たず、多くの学生は友達作りさえできなかったという。理髪店や美容院の女性客に対応するマニュアルも話題になった。外見を貶《おとし》めることで女性に危機感と焦りを与え、逃げられないようにするのだとか。また最近のテレビドラマの出演者の演技の拙《つたな》さについても話した。ある人が言うには、「大明宮《だいめいきゅう》詞《し》」[8]はなかなか面白く、役者の演技も台詞もとても良くて、劇中のヒロインの則天《そくてん》武《ぶ》后《こう》も実に賢《かしこ》いとか。みんなが心配しているのは、今回の疫病の蔓延で多くの人の計画が乱されたことであった。仕事探しの計画が中断した人、運転免許を取る計画を取り

8　中国中央テレビが二〇〇〇年に放映した全四〇集の長編歴史ドラマ。唐の則天武后とその娘の太平公主を主人公としている。その後、中国では何度も再放送される。

やめた人がいた。どの人もこの突如起きた変化に適応しようとしている。

無力感を消し去ることは難しい。消し去るのではなく、付き合い方を探すべきかもしれない。私の場合、頑張って行動しようとしているが、罹患《りかん》の確定者数が日に日に増えているのを見ていると、やはり嫌でも自分の小ささと無力さを感じる。それでもできるだけ自分のできることをしないといけない。やはり外に出るべきだろう。


今日は陽光がきれい。もっと多くの清掃作業員と知り合いになって、彼らの話に耳を傾けたい。鎌《れん》さんとばったり会ったのは、彼女がタイムカードを持って出勤する途中だった。清掃作業員のことを知りたいと言うと、ちょっと待たされ、タイムカードを打ってから、清掃道具を取り、歩きながら話をしてくれた。

鎌さんは今年六十五歳。清掃作業員となって八年だが、社会保険はない。毎日十一時に出勤しており、朝は三十分歩いてタイムカードのあるところへ向かう。自転車に乗る勇気がないのだという。人にぶつかって医療費を負担しなければならないのが心配なので、歩くのが無難だという。彼女は農村の出身で、八年前に息子さんの子育てを助けるために武漢に出て来て、それ以後故郷に戻って春節を過ごしたことはない。

鎌さんには息子さんが二人いる。長男は運転手で、食事の配送をしている。ご主人、次男、次男の妻も清掃作業員だという。次男とその妻は以前はホテルの従業員をしていたが、社会保険がなかったため、保険付きの清掃作業員に転職した。ご主人は体が不自由で、重度の脊柱後弯症《せきちゅうこうわんしょう》。次男の子供が八年前に生まれたので、ご主人と武漢へ手伝いに来た。彼女と次男の妻の出勤は午前中だが、次男の妻は朝の早班、彼女自身はその後の中間の班で出勤し、時間をずらすことで誰かが子供の面倒を見られるようにしている。

　息子夫婦と同居していないのは、他の人の目を気にせず、日常生活での口争いを少なくするためだという。一か月の家賃は三五〇元、部屋にはベッド一つと戸棚一つがあるだけで、足の置き場もない。他の四世帯の住民と一つのレンジとトイレを共用している。

　ロックダウン以来、勤務先は鎌さんに五枚のマスクを支給した。ロックダウンの後、大根、かぶ、キャベツを買ったが、他の野菜は高くなったと言う。いまは家を出るのも心配で怖いが、運命に任せるしかないと言う。出勤しないと、一日につき一五〇元を引かれるが、そもそも日給は七〇元しかない。弟さんから様子をうかがう電話があって、自分たちはもう外出しないと言われたが、上からの許可がないので仕事を続けるしかないと答えた。また、通りがかる人から、死ぬのが怖くないのかいと聞かれるが、恐れても仕方がない、臨時雇いなんだから、と返した。彼女は、いま働いている清掃作業員はほとんどが臨時雇いだと言う。鎌さんは、自分は普段でも人と話すことは少ないが、いまはさらに無口になり、他の人には失礼かもとも言う。

　鎌さんと別れようとした時、昨日の女性清掃作業員も話に入ってきた。二人を知り、そして二人も私のことを知ってくれて、何だかとてもいい感じだった。

葬儀用品店の前を通ったら、なんと店が開いていて、妙に嬉しかった。ラーメン店もまだ営業している。ラーメン店の店主は江西省の南昌《なんしょう》の人で、武漢で閉じ込められた。出前の注文はあるか聞いたら、「少ないよ」との答え。「じゃあ、どうしてまだ店を開けてるの？」と聞くと、「家で寝てばかりじゃ病気になってしまうさ」と、憂鬱《ゆううつ》そうな面持ちで言う。

スーパーへ行ってみた。野菜の棚にはピーマン、じゃがいも、にんじん、キノコ類がまだ少し残っており、米と乾麺の棚はいっぱいだった。不思議なのは、塩の棚が空っぽだったこと。マスクをしたまま頭にビニール袋をかぶる男の人を見た。野菜市場の下で露店を開いて食品を売っている人がいたが、種類はけっこう豊富で、鮮魚や新鮮なレンコンなどがあった。私はトウモロコシを三本買った。売り場の入口に、「使用済みマスク専用」と書かれたゴミ箱が置かれていた。

薬局にも行ってみた。入口は机で塞《ふさ》がれ、中には入れてもらえず、外から店員に欲しい商品を伝えるようになっている。マスクは売っており、一袋一〇枚入りで一九・八元、一人二袋の限定販売である。夫婦らしき客のうち、女性はマスクを売っているかを尋ねているが、男性は入口から少し離れたところで待っている。女性は「あんたは人の多いとこへ来るといつもどこかに逃げる」と言う。

お母さんが子供と太陽の光がいっぱいの中庭で遊んでいるのも目にした。

一瞬、すべてがいつものようで、封鎖を忘れたような気がした。

フォロワーからのメッセージ

私は武漢にいませんが、あなたの記録のおかげで実際に体験しているような感じです。あなたは確かにみんなをつなぐ連結点になっています。

私はマレーシア人です。友人が武漢にいて、状況はそれほど違いませんが、彼女と家族はほとんど家を出ません。清掃作業員の話は感動しました。この人たちは街が危機に陥《おちい》った時にも安い給料を受け取り、いつもは人に知られない存在でありながら、制度と責任感で黙々と働き、都市を清潔に保っています。しかし危機が解除されたら、やはり人に知られないことが続くでしょう。みなさんが一日も早く突然にやってきたこの非常時を耐え抜かれることを祈っています。

私は河南省の者で、大学の再受験生ですが、一体どうすればいいのかわかりません。

第三章

閉じ込められても、
立ち止まるわけにはいかない

一月三十一日

幻想のような日常生活

疫病の流行地域の救助活動は挑戦に満ちている。

あるフォロワーは、Ａｍａｚｏｎで二〇〇〇箱の使い捨て医療用マスクを注文し、私に送ろうとした。しかし大規模な救援物資は病院を優先すべきだし、私にはそのような大量の物資を受け入れる手立てもない。車は持っていないし、連絡を取れる現場の医療従事者も限られている。ここ数日、フォロワーたちからの少量の救援物資の申し込みもすべて断っている。小規模の郵送も資源の浪費だと心配したからである。そこで武漢のボランティア団体を探そうとした。特に病院と協力しているボランティア団体にできるだけ早く連絡を取りたい。

ロックダウンの後、武漢のいくつかの病院が、社会に向けて広く支援金を募り始めた。たくさんのボランティア団体が、社会の力を動員して病院へ物資を運んだ。やがて政府が引き取って支援の募金を始めた。政府が言うには、市民が騙《だま》されるのを避けるための措置だとして、五つの政府部門を指定し、募金活動を調整すると通知した。ところが、湖北省赤十字会は、政府から派遣された人員を入れても六〇人余り、それで湖北省のすべての病院に対応しなければならない。武漢慈善総会〔チャリティ財団〕は、四〇〇万人から五億元余りの募金を集めたが、昨日までに一銭も使っていない。海外から送られてきた医療用物資も、税関は赤十字会と慈善総会に連絡してから通関することを求めている。

　昨日は日記を書き終えると、不意に勉強する気が起こった。そのエネルギーがどこから湧いてきたのかはわからない。最近は司法試験のビデオを見ているが、あまり集中できず、それでもなんとか三十分勉強した。

　夕食はにんにくの芽と肉の炒めものにお粥。

　食後、友人たちと引き続きビデオチャット。話題は、自身の最も早い記憶について。生まれた時に女の子だったため、もう少しで取り替えられそうになったという人。食べ物に好き嫌いがあるということで、両親に病院へ連れて行かれたものの、お医者さんからは食べるのが好きだったら問題ない、と言われたという人。それから、小さい時に全員が何かしら物を盗んだ経験があったようだ。

　物を盗む、食べ物に好き嫌いがあるといったことは、子供の問題ではなく、大人がいかに対応するかの問題である。

　それぞれの子供の頃の呼び名についても話した。私は「毛妞《マオニュウ》」だった。

　いま、全員が何となく心に後ろめたい思いを抱えている。安全なところで生活していることは一種の特権なのに、疫病の広がりに対して貢献できないからである。私は武漢にいるのに、やはり後ろめたさを覚えている。

少しでも社会に貢献できることをしたいので、個人の生活の中でもっと環境を守るようなことをすると決めたという人もいた。

今日知り合ったのは呉さん。彼女は六十五歳で、武漢の人、住居区域の取り壊しによる立ち退きで、政府から部屋を分配された。呉さんは四十二歳で清掃作業員を始め、社会保険はついている。いまは臨時職で、毎月一五〇〇元の退職年金と二三〇〇元の給料。ご主人も以前は清掃作業員だったが、二〇一五年に病気になり、入退院を三度繰り返して、いまは家で休養している。何もすることがないとマージャンをしている。家事は、ご主人が買い物と炊事をし、彼女は洗濯担当だという。

娘さんが一人いて、娘さんには十五歳になる子供がいる。家で終日子供の世話をしていて他の仕事はしていない。娘さんのご主人は警備員で、給料も高くはない。呉さんは月々一〇〇〇元余りを娘の社会保険に充てている。

ロックダウンの後、呉さんは勤め先から合計七枚のマスクを受け取った。彼女はこれまでも埃《ほこり》を防ぐためにマスクをしていた。現在つけているマスクには白い布を被《かぶ》せている。

交通機関が運休となったいま、彼女は自転車に乗れないので、毎日九時四十分に家を出て、一時間余り歩いて通勤している。とても怖いが、仕事をしないと収入はない、幸い体がまだ丈夫なので、他の人が頑張れるんだったら、自分にもできると言う。

　相変わらず美しい陽光。今日は道行く人と車が増えている。ラーメン店の入口では麺を買う人がいる。葬儀用品店のドアは半開き状態。洗濯物や肉を干している人がいる。営業中のレストランが一軒開いていたので入ってみたら、たくさんの出前の伝票があった。スーパーの野菜はやはりすぐに売れてしまうが、今日はカリフラワー、きゅうり、レンコンがあった。乾麺の棚の前で店員が商品を補充している。買ったものを車のトランクいっぱいに詰める人や、両手に野菜を入れた袋をぶら下げて家路に着く人がいた。

　このすべては、私にとっては幻想のようであった。人々の生活は、見たところ回復しているらしいが、私には信じがたい感覚がある。

　自転車で臨江大通へ向かい、さらに二キロ足らずで武漢長江大橋に着いた。

　その河畔の道では、マスクをしてジョギングをする人がいた。道路の中間にある防護柵には、五〇〇メートルの間隔で、横断幕で標語が掛けてある。「科学で防御、恐れず慌てず、デマに惑《まど》わされるな」といったような標語だった。私が少し驚いたのは、ロックダウン後も印刷工場が稼働し、人気《ひとけ》のない通りに、こんなにもたくさんの宣伝スローガンを掛けて歩く人のいたことである。

河畔には、日向ぼっこをする人、運動する人、「映山紅《えいさんこう》」[1]を歌う人。冬の日の最高の幸せの一つは、ゆったりとして日向ぼっこをすること。河畔に着き、全身に日光を浴びると、体がほんのり汗ばんだ。波が岸辺を打つ音を聞いていると、常ならぬ幻想の中に身を置くようだった。

フォロワーからのメッセージ

- 今日もニュースを見た。怒り心頭……。やるせない、くやしい！　湖北省の人たちに心から同情しています！　命は平等です！
- あなたの文章に感謝します。私たちにその中に身を置かれている市民の本当の想いを実感させてくれます。外出の時はくれぐれも気をつけ、マスクと手袋に眼鏡も着用した方がより安全です。ご無事を祈っています。

1　子供向けの革命映画『閃閃的紅星』（一九七四年制作）の中で歌われた主題歌。「映山紅」は赤いツツジの別称。

標語の書かれた横断幕

二月一日

不確かな中を生きる

不確かな中を生きることは、大きな挑戦である。

不確かさは人を不安にさせる。特に不確かな状況を把握できない時は。

この疫病は、二〇二〇年の春節に爆発した。多くの人が希望を持って新たな一年の仕事の目標や学習計画を立てた。それが一瞬にして打ち壊された。多くの人が、いつになれば仕事に戻れるかもわからぬままに、家に閉じ込められた。

今朝、ふと私の卓上のカレンダーが一月二十二日で止まっているのに気づいた。いまの私には計画など立てられるわけがない。明日どうするかさえわからず、ただ毎日を、なるべく平穏に過ごすだけである。

昨日、フォロワーが二〇〇〇箱の使い捨てマスクを寄贈したいと言ってきた話を書いた。その後、あるお医者さんの家族から連絡があり、病院が必要とするものについて確認した。

運送業者の順豊《シュンフォン》[2]に確認して、直接病院へ輸送することができた。少しながら達成感と満足感が得られた。

昨夜はしいたけと肉の炒めものにご飯を食べた。その後はいつも通り友人たちとのビデオチャット。

ウクレレを練習した人、外でジョギングした人、天気がいいので外の世界を見てきた人。一緒にアニメの「リック・アンド・モーティ」[3]を観た。また「故事接龍《こじせつりゅう》」[4]をして遊び、それぞれの理想の葬式を語った。火葬されたいと言う人は、土葬だと遺体が知らない人の「冥婚《めいこん》」〔生者と死者に分かれた男女が行う結婚〕の相手にされるから心配だという。もう一人は、死んで人に迷惑をかけなければそれでいいと言う。遺骨を海に撒かれたいと言う人もいた。

2　中国の国内外における高速物流の民間企業。

3　アメリカのテレビアニメ。アルコール依存症の天才科学者リックとその孫のモーティが繰り広げる冒険コメディ。

4　「接龍」は異なったスタイルや類型のものを連繫させていき、最後に龍のような長いものに仕上げるという遊びで、さまざまな領域での「接龍」があり、これはその物語版。物語を各自が語って一つの作品に仕上げるというゲーム。

張さんの革製手袋

私は、映画『ＢＰＭビート・パー・ミニット』[5]のようにしたい。映画ではエイズについての啓発活動をしている人が亡くなった後、彼の連れ合いが彼の遺骨の一部をある保険会社のカクテルパーティーの会場で撒いた。保険会社がＨＩＶの無症候性キャリアを差別していたからである。

今日は曇ったり晴れたりと天気が不安定。朝は快晴だったのに、十一時過ぎには曇ってきた。外で出会ったのは、清掃作業員の張さん。彼は鎌《れん》さん（一月三十日の日記に書いた清掃作業員）のご主人で、今年六十歳、八年間この仕事をやっている。一九九〇年に故郷で家を建てた時に、重いものに打ちつけられる事故で背中が曲がってしまった。それ以来重労働はできないが、清掃の仕事には耐えられるのだという。二人の故郷には八十八歳になる老いた母親がいるが、それは鎌さんのお母さん。体が丈夫で、自分のことは自分で出来るので、二人で出稼ぎに来ることができた。

張さんは早朝の勤務で、午前四時に出勤し、十一時には終了。鎌さんは十一時出勤で、午後六時終了。朝食は鎌さんが作り、夕食は張さんが作る。二人は出勤する時は保温容器の弁当を持参して昼食を摂《と》る。

ロックダウン以来、張さんは勤め先から一〇枚のマスクをもらっている。彼が私に手袋を持っているかと聞いてきたので、持っていないと答える。彼が使っているのは自分で買った革手袋で、自分を守るために使っているのだという。

彼らは仕事に行くべきかどうかを話し合ったことはなく、勤め先が休みと言わない限り、選択の余地はない。

張さんと話をしていると、鎌さんが寄ってきた。清掃作業員が一人亡くなったという噂を口にした。本当かどうかは知らないけれど、とにかく怖い。そうであっても、彼らはいつも通りに家を出て出勤する。

自転車でラーメン店の前を通りかかった時、店が閉まっているのに気づいた。思わず「あれっ！」と声を出した。自転車を降りて、入口の張り紙を見た。「湖北省の各種企業の再開は二月十三日の二十四時以降とする」と書かれていた。信じられない気持ちで店の前をしばらく行ったり来たりしていると、隣にあった店の入口には、「春節期間、

5　二〇一七年に公開されたフランスのドラマ映画。一九九〇年代初頭のパリを舞台とし、ＨＩＶ・エイズへの偏見や差別に抗議する団体「ＡＣＴ　ＵＰ」の活動を描いた作品。

長江の河畔で太極拳をする人

一か月休みます」の張り紙も見えた。他のいくつかの店には「賃貸物件」という張り紙がある。これまで賃貸に出す店があることに、私が気づかなかっただけなのかもしれない。

営業を続けているタバコと酒類を販売する店の入口には、「配達中、電話で連絡を」という張り紙があり、入口に男の人が三人いて、一人は電話中だった。

葬儀用品店はやはりドアが半開きの状態である。

スーパーの入口では、今日から客の体温測定が始まった。野菜の棚にはまだたくさん野菜が並んでいる。昨日に比べ、トマト、にんにくの芽、紅菜苔《こうさいたい》〔茎が赤紫の菜心《さいしん》〕が新たに増えていた。トマトを見て少しだけ買う気になった。野菜炒めをするときにトマトを入れるのが好きなので。しかし量り売りのレジに並ぶ人が多く、家にもまだ野菜が残っているので、買わなかった。

昨日出前をやっていた「食上添《シーシャンティエン》」というレストランは、今日も営業していた。入口近くに野菜も並べて売っている。鎌さんが言うには、このレストランは時々無料で野菜を分けてくれるとか。

野菜市場の表門は閉まっていたが、果物を売る露店の脇にある小さな入口から入った。

果物を売る人はいるが、野菜を売る人はいなかった。

二軒の薬局を回ったが、どちらもマスクと消毒用アルコールはなかった。薬局の入口で「双黄連《そうおうれん》」[6]はないかと尋ねる人がいる。レジ係は売り切れと答える。市民たちは判断する力に欠けているため「双黄連」を奪い合うのだと批判する人は多い。だが、『人民日報』さえネット上で「双黄連」が新型コロナウイルスを抑制できると宣伝している。日に日に増える感染確定者数を目にしており、誰もがウイルスを抑制する薬があればいいのにと思うのは当然である。『人民日報』は後になって、抑制は予防や治療と同じではないと釈明した。武漢市政府は情報を公開し始めた時、治癒の症例があるとも言ったが、どうすれば治癒したかを明言せず、それが市民に肺炎を治す薬があるという誤解を与えた。後でわかったが、いわゆる治癒した症例とは、ほとんどが自力で治ったもので、おそらくもともと免疫力の強い人であったのだろう。

6　原注：「双黄連口服液」。金銀花《きんぎんか》〔スイカズラの花のつぼみを乾燥させたもの〕、連翹《れんぎょう》、黄芩《おうごん》〔こがねばなの根を乾燥させたもの〕によって作られた漢方薬。主に感冒、解熱に効果がある。一月三十一日、あるメディアが、中国科学院上海薬物研究所と武漢ウイルス研究所の共同研究の結果として、「双黄連口服液は新型コロナウイルスに対して抑制効果があることを第一段階として確認した」と発表した。このニュースがインターネット上に拡散すると、買い占め騒動を引き起こし、薬品を製造する企業の株価は急上昇した。「双黄蓮蓉月餅」まで奪いあって品切れとなったという報道も見られた。

少し気持ちが落ち着かなかったので、河畔に行ってみた。

河畔に着いた時には、空は曇っていた。そこは昨日より人影はまばらであった。運動設備のある場所では、二人の人が体を動かしているだけであった。

太極拳をする人もいた。

昨日の陽の光を懐かしく思い始めた。

フォロワーからのメッセージ

● 今日は上海の薬局に消毒用アルコールを買いに行きましたが、品切れでした。

● ここ数日は感染のピークです。やはり家にいてください。そのほうが安全です。

二月二日

司門口で橋から身投げ

多くの友人は、最近の肺炎に関するニュースを見るにつけ腹が立って眠れないと言っている。確かに、腹立たしいことが多すぎる。

ある脳性麻痺《まひ》の子供が、親は隔離され、コミュニティからも無視されて家で餓死した。

飼い主が隔離された家に飼われていた猫は、コミュニティのスタッフに生き埋めにされた。

怒りだけでなく、驚き、悲しみ、無力感など、たくさんの複雑な感情が我々にはある。

こうした感情の中に長く身を置いていると、調整する方法がなければ身心に影響を与えないはずはない。疫病に対する恐怖心、無力感は、完全に消し去ることはできなくても、弱めることはできる。正しいことを言うのは簡単だが、生活の中の問題は、正しいことを知った瞬間に消え去ってしまうのも仕方のないことだろう。

ここ二日、咳が出ることが多いような感じがしていて、それに頭も痛いので少し心配。

しかし、忙しかったせいかもしれないと考えて、いつもの生活を続けた。

人は閉じ込められても、立ち止まっているわけにはいかない。自分を動かす何かを探さなければならない。

どこにいようと、出来ることなら能力がある人は、病気を防ぐために何かをしたほうがいい。もしまだ自分の立ち位置が見出せないなら、せめて自分の生活は大切にしてほしい。

昨日の夕食はセロリと豆腐干《とうふかん》〔前出〕の炒めもの、お粥。

夜は例によって友人たちとビデオチャット。話題は中学時代の生活。青春小説を読んだ人、名著を読んだ人。この頃は、みんな少しばかりの孤独感、劣等感、プレッシャーを抱えながら、努力して他人や社会との関わり方を模索していた。中には反抗的で、好んで権威あるものに抵抗し、先生と対立していたという人もいた。そのうち、誰かが未来について語ろうと提案した。しかし、他の人がいまは未来を語るのは難しいから、たぶん五分で終わってしまうと言った。その後、自分の家庭で目にした不平等を紹介する人がいた。女性が毎日多くの時間を炊事に使う状況を改善したくても、なかなか難しい。主な原因は、女性の社会参加の道と方法が限られていることから、炊事のような無償の労働が家庭内で女性が地位を獲得する唯一の方法になった、とか。

話足りない千夜一夜物語のように、話題がすぐに終わるのを心配してビデオチャットの時間を短くしようとすると、みんな急に未練がましくなった。ある人は先に離れたくても、大事なことを共有できないことを心配した。

朝、司門口《しもんこう》[7]の陸橋から人が身を投げたというニュースを見た。私はその近所に住んでおり、春節前に友人から一緒に行こうと誘われたばかりだった。

そこで、肺炎以外の情報を集め始めた。ちょうど肖美麗《しょうびれい》〔フェミニズム活動家、作家〕さんが、友人と開設しているポッドキャスト〔音声ブログ〕の「有点田園《ヨウディエンティンユアン》」を数日前に更新したばかりだったので、朝食のあいだにその内容を聴いていた。

今回の内容は、ちょうど私が現在置かれている状態と似た点があった。あるフェミニストのブロガーが、「豆瓣《トウバン》」[8]で「猫頭鷹《マオトウイン》」〔フクロウ〕の名でのメールボックスを開設し、女性からの投稿を受け付け、彼女たちの困り事や悩みを聞くとともにそれに答えていた。フクロウのメールボックスを設けたのは、開設者が自分の居場所を探すためでもあり、それを通して有意義なことをしたいと考えていたからである。

今日は空が曇ってきており、一階へ降りた時に小雨が降り出したのに気づいたが、傘を

7　原注：司門口〔武昌の解放路と民主路の交差点辺りの総称〕は武漢の繁華街にある。一月三十一日の午後五時三十分、一名の肺炎患者がここの橋から身を投げて自殺した。目撃者の微信の投稿によると、この患者は肺炎に感染した後、自宅に帰ることが出来ず、病院も彼を受け入れず、行き場を失って橋の上で長い間泣いていたという。

8　二〇〇五年に開設されたＳＮＳの要素を兼ね備えたユーザー参加型のＷＥＢサイト。

取りに帰るのが面倒なので、そのまま外に出た。

この数日、外での時間はあまり長くはなかった。外ではどこにいてもマスクをつけたままで、河畔でもはずさなかった。今日は外に長くいるつもりで食べ物と水を持ってきたが、雨脚が少しずつ強まり、二時間ほどで家路についた。

今日は四人の清掃作業員に話を聞いた。

その一人は、五十八歳の潘《はん》さん、武漢の人。潘さんは清掃作業員の仕事をして四、五年たち、現在はゴミ中間集積場の運転手で、ゴミの運送を担当している。一か月の給料は五〇〇〇元。積玉橋街道〔地区〕との契約で、運転手になって一年がたったばかり。仕事の時間は一定せず、主にゴミの量がどれほど出るかによるが、通常は八時間。奥さんはあるコミュニティで働いており、疫病流行以来、広報とコミュニティの人たちの買い物の手伝いをしている。

肺炎の大流行以来、潘さんは毎日家に帰るとシャワーを浴びる。衣服の洗濯は一日か二日に一度だけ。奥さんが洗濯と炊事を担当している。

勤め先からは使い捨てのマスクしかもらっていないので、潘さんのN95マスクは自分で買ったもの。彼は疫病の広がりをあまり心配しておらず、自分で防護措置を講ずれば充分だと考えている。いまはみんな買い物以外には出かけないし、済んだらすぐ家へ帰る。しかも誰ともしゃべらないから、感染するはずがないと言う。

いまは出かける方がまだまし、家の中は退屈すぎるとも言った。

途中、大邸宅の門の前で野菜を売っているのを見かけた。トマト、パセリ、トウモロコシ、レタスを買った。トマトとパセリはそれぞれ五〇〇グラムで一〇元。レタスは五〇〇グラム八元。トウモロコシは一本七元。その後、一般の共産党党員のためのサービスセンターの前を通りかかった。中では何人かの人が防護服を着て、野菜を仕分けているように見えた。

公園の湖では釣りをする人がいた。

ボランティアの人が二人、大邸宅の門のところで腰かけたまま携帯を見ている。傍《かたわ》らではスピーカーが宣伝らしき放送を流している。

ラーメン店はまだ営業しておらず、店主は入口にしゃがみ込んでいる。政府の通達で開店することができないが、行くところもなく、ひどく退屈だと言う。

午後、助けを求める電話を受けた。助けを求めてきた人は、武漢にいる八十歳になる母方の祖父母が、肺のＣＴ検査をして診断結果を待っているところだが、ＰＣＲ検査をしなければならない。いまは、姪が二人のお年寄りの世話をしているが、使い捨て手袋と消毒液が必要なのだという。

家にまだ少しあるし、お年寄りたちの住んでいるところは私の家から遠くはないので、自転車で届けに行こうと思った。しかし彼はそれを断って、非常時なので、自分を守ってくださいと言う。そこで順豊の配送センターに連絡した。配達員は、武漢市内なら配送可能だが、よそのところへは送れない。またよそから武漢へも医療用物資しか配送できず、いまは空輸しかないので液体の輸送はできないと言う。そして今日はもう配達できないことや、速達ボックスに置いても集荷ができないこと、必ず収集地点に持っていく必要があると教えてくれた。そこで明日持っていこうと思っていたが、後になって助けを求めてきた男性から、家族で手に入れたとの連絡があった。

フォロワーからのメッセージ

ここ二日間のニュースは本当に腹立たしい……。そのせいで蕁麻疹《じんましん》が再発した。怒ると全身が痒《かゆ》い！　あなたが少しも変わらず更新しているのを見て、とてもうれしい。でもあなたのアカウントは通信のデータ量が制限されたらしいですよ！　毎日あなたに会いに来ます、あなたにエールを送ります。

あなたの日記を毎日読んでいますが、時にとても奇妙な思いがします。武漢にいるあなたは毎日外出しているようですが、四川《しせん》省の小さな都市にいる私たちはコミュニティから出ることもできません。

二月三日

隔離された中で、人とのつながりを求めて

毎日外出することが、私の重要な日常となった。

実のところ、外出はもう必要ではないと思っているのだが、意地になって続けている。何を頑張っているのか？　この都市が明日になって突然封鎖解除になるはずはなく、外の世界にも一日で天地がひっくり返るほどの大変化が起こるはずがない。でも、実はこれはささいな反抗に過ぎない。情報を封じられた中で本当の情報を探し、隔離された中で人とのつながりを求め、不確かさの中でも何か確かさを探し当てようとしているのである。

昨日の夕食はにんにくの芽と肉の炒めもの、お粥。

夜は友人たちとビデオチャット。前日にお母さんとダンスした人。レゴ・ブロックで遊びながら、ヴァージニア・ウルフ（Virginia Woolf）のオーディオブックの朗読を聴き、女性は自分と現実の関係をもう少し重視すべきだ、と言う人。

北京は雪が降った。

昨夜はビデオチャットをしながら、時々オンラインでのボランティア活動をしていたが、みんなの話題を聞き逃さないように、画面はオンにしたままにしていた。彼女たちの声を聞きながらだと、ずいぶん安心感があった。

朝、小鳥の鳴き声で目覚め、起き出して窓の外を見ると薄暗くよどんでいた。十時を過ぎてようやく晴れてきた。運動を済ませてから朝食を摂《と》り、外出しようとしたら、マスクをしていないことに気づいた。警戒心を解こうとしても難しい。

建物の下では縄跳びをする人がいた。

この二日、道で見かけた清掃作業員はみな使い捨てマスクをつけ始めている。

今日は清掃作業員二人と、不動産物件の管理会社の清掃管理人一人に話を聞いた。劉《りゅう》さんは今年五十歳、ご主人が武漢の人で、結婚して武漢に移ってきた。

劉さんはあるコミュニティで働いている。毎日二、三十分ほど歩いて通勤。いまは防護服を着て３Ｍマスク〔使い捨ての防じんマスク〕をつけている。どちらも会社から支給されたものだが、数に限りがあるので、支給がないこともあるという。そのため彼女が着ている防護服は古いものであった。

いま、居住者たちはまったく出かけられないので、ゴミはドアの外に出して彼らが収集している。

劉さんが言うには、清掃作業員は年配者ばかりで、感染するのを恐れて出勤しない人もいるとか。なぜまだ続けているのかと聞くと、彼女は誰かがやらなければいけないからと答えた。

防護服を着ると、仕事の時に汗が止まらず体中がびっしょりになる。家に帰ると必ずシャワーを浴びる。家の中の消毒も欠かせないが、84消毒液を使って清潔にするのも自分の仕事だという。

太陽が出てきたので、少し河畔を歩いた。

ゆっくり休んでいる人、運動している人。鉄棒を上手に使って体を回転させている六十四歳の「お年寄り」は、とても健康的。彼は四十歳を過ぎた頃、血圧、血糖値、コレステロール値の三つがすべて高く、そのうえ糖尿病にもなった。しかし薬は飲まずに、その時からトレーニングを始めた。この疫病下で、毎日外に出て体を鍛えている。三世代同居だが、家族はみな家にいて外出しない。彼は恐れを知らず、体も丈夫なので、外での買い物も担当している。

午後、友人とポッドキャストの録音をし、私の封鎖中の生活について共有した。

日記を書き始めたことは、私にとって思いがけない幸せで嬉しいこと。これが私の日常の一部になったからである。

第四章

生きていることは、偶然の幸運に過ぎない

二月四日

犬までマスクを

数日前、ある男性が微信《ウェイシン》のモーメンツにメッセージを書き込んだ。「都市や村のロックダウンのニュースがあってわずか数日、どれだけ多くの男が、精神錯乱を起こしそうな状態にあっただろう。そこで考えてみよう、どれだけ多くの女が、一年中四季を通してこんな日々であることを」と。

封鎖は男性に、女性が社会生活に乏《とぼ》しいという感覚を、一定程度の体験を通して理解させた。

既婚女性の多くは、結婚生活が始まると家庭中心にならざるを得ず、フルタイムの仕事をしていたとしても、帰宅すると洗濯に炊事、子供の世話など、重要視されないたくさんの家事労働をしている。女性たちの社会性をもった生活は絶えず縮小していき、同僚や友人とのおしゃべりをする時間もますます少なくなり、家庭に対する身の入れ方が、自分自身への関心より多くなる。

昨日の夕食はセロリと鶏の胸肉の炒めもの、お粥。

夜は友人たちとビデオチャット。前日に成都で地震があったことから、二〇〇八年の四《し》川《せん》大地震について話した。みんなは当時の自分の状況を次々と語った。多くの人はまだ高校生で、ある人は教室から逃げた際に歴史の教科書を手にしていたという。震度が小さかった都市では、授業はそのまま続いていた。自分はもう死ぬのかと思い、自分の死んだ後はポンペイの古代都市のような遺物として研究されることを想像したとか。

当時の感動的な話も思い出した。たとえば助け出された瞬間、コーラを飲みたいと言った小さな男の子や、生徒より真っ先に教室から逃げ出した范跑跑《はんほうほう》[1]のことなどである。当時、范跑跑は集中砲火を浴びるように唾棄《だき》され罵《ののし》られた。だが、いま振り返って見ると、彼はそれほど憎むべき人ではないように思えてきた。

そこで集団主義と英雄主義について改めて注意深く分析してみた。我々は、災難の際にひたすら献身する英雄を作り出し、いわゆる「エゴ」的な行為を貶《おとし》めてきたが、実際は利己的に見える行為は人間の単なる自己防衛に過ぎない。

1　原注：范美忠は当時の四川省〔都江堰市《とこうえん》〕光亜学校の教師。地震が起こった時に生徒たちを教室に残して真っ先に逃げ出した。ネットで「あの時、地は動き山は揺れて」という文章を書き、危機一髪の際に本能的に自分自身のことだけを考えたと説明した。彼は現在も、教室にいるのが肉親だったとしても、教師にとって自己を犠牲にして命を救う義務はないと主張。このことはマスコミに広く報道され、後にネットユーザーから「范跑跑」〔「跑跑」とは「只管《ひたすら》に走《にげ》る」の意〕というあだ名をつけられた。

集団主義は情緒に訴える強い感染力があり、嫌悪を生み出し、甚《はなは》だしい恨みを生む。たとえば中国人が日本人を嫌うように。このような気持ちは、私たちに人間そのものを無視させてしまう。幸いにして、いま私たちは医療従事者の献身を讃えるだけでなく、その脆《ぜい》弱《じゃく》さも見ている。

今日は三人の清掃作業員にインタビューした。

陳さんは今年四十五歳、この仕事をして一年がたつ。彼女は湖北省孝感《こうかん》の人で、ご主人も清掃作業員。一家三人は武漢で部屋を借りて住んでいる。彼女は環境衛生管理所との契約で社会保険がある。ロックダウン以来、職場から全部で一六枚のマスクが配布されたが、それでは足りないという。この他、作業用手袋ももらったが、使い慣れないので自身の毛糸の手袋を使っている。

陳さんは毎日シャワーを浴び、着替えをし、家でも毎日消毒を欠かさない。これらのことは主に彼女がやっている。

いま必要なものはないか聞くと、特にないという。

現在、通りには、使用済みマスク専用のゴミ箱が設置されているが、防護服を着た専門の人がその処理にあたっていると、陳さんは言う。陳さんと話していると、制服を着た人が何人かこちらに歩いてきた。私は慌ててマスクを一袋手渡して、自転車で走り去った。

一〇〇メートル余り行った先で、武装警察病院があったが、外からは何も変わったところは見えなかった。

今日、あるコミュニティの前を通りかかった時、入口付近に野菜が入った袋が大量に置いてあった。警備員は出入口で体温をチェックしている。野菜を取りに出てきた住民は、体温を測ってから中に戻った。

囲いで隔離されたアトリエとホテルの前を通った。外には何人もの防護服姿の人が立っていた。

道端に停まっている車には、「疫病を抑え込み、大衆を助け、コミュニティに奉仕する」との標語が貼ってあったが、運転手は車の中で寝ていた。

門が閉まったままの武漢赤十字会研修センターと、まだ営業中の順豊《シュンフォン》〔前出〕を見た。「五《ご》台《だい》山《さん》好《こう》兆《ちょう》頭《とう》起《き》名《めい》館《かん》」という名の店も営業中だ。

戸《こ》部《ぶ》巷《こう》[2]の前も通った。前回来たのはおそらく二〇一二年だっただろうか。ここは身動きできないほどの人混みだったが、いまは人影も数えるほどである。

郷土料理の店がまだ開いており、制服を着た人がテイクアウトを取りに来ていた。

2　原注：武漢の有名な美食街で、「武漢の朝食の小吃《シャオチー》〔前出〕の一番通り」といわれる。

河畔に沿って歩いて家に帰る途中、犬を抱いて散歩をする人がいたが、犬もマスクをしていた。

河畔で愛しあっているらしい人もいた。女性が河畔の石のベンチに坐《すわ》り、男性はその上に横たわり、ズボンを半分下ろしている。

お年寄り二人が小さな台を持ってきて、河辺で陽に当たっていた。

周りに人がいないところで、マスクを外してのびのびと大きく深呼吸したが、マスクをつけ直した瞬間、改めて束縛を感じた。

フォロワーからのメッセージ

- 戸部巷付近に住んでいるんですか？　そこは私が幼い頃に住んでいた場所のすぐ近くです。
- コミュニティはもうすぐ封鎖されます。あなたはたぶんこれから外出できなくなるでしょう。

長江の河畔で陽に当たるお年寄り二人

二月五日
「きっと過ぎ去る」と軽々しく言わないで

日記を書き続けるのはとても大変。

私に日記を書く習慣はなく、こんな歳になってもまとまった日記を書き切ったことがない。しかももう何年もつけておらず、書くにあたっても特別な出来事や心の動きを記録する程度で、それもまったく体を成していない。改めて読んでも当時何があったか自分でも思い出せない。

日常生活には些細なことの繰り返しがあまりにも多い。その繰り返しは退屈だが、それでも、私たちが記録したものは、ある時期においては私たちにとって特別な意義を持つ。

昨日の夕食は螺螄粉《ルオスーフェン》〔前出〕。夜はまた友人たちとビデオチャット。みんなの毎日の生活を知りたいという人がいて、私はとても不思議だった。眠れない時には、起きて仕事をする人、「知乎《ちこ》」〔Ｑ＆Ａサイト〕を見るという人がいた。家族との十数日の長さに及ぶ蜜月がもうすぐ終わるという人も。本を一冊読み終わった人は、その本のフェミニズムと感情を論じている部分について、多くの人は、希望は苦しみを終わらせると思っているけれど、作者は、希望は現在と過去を否定するものではなく、現在から先へ歩み始めることだと書いている、と話した。

肺炎という疫病を目の前に、人に向かって「きっと過ぎ去る」と軽々しく言ってはいけない。そんなに簡単に過ぎ去ることではないのだから。

自家製のマスクを作る方法を思いついた人がいた。マスクの内側にパッドをあてるというものだった。それから、「関係」について議論した。社会は、女性に自立ではなく、関係をより重視するように励ますべきだ、と言う人。女子高校生の時、お手洗いに他の人と一緒に行くのは、献身を通して相手の承認を得て、相互の関係を維持していくことを望んでいるだけだと言う。両親との関係はもっと特殊である。この関係に潜在する規範は、父母は永遠に子離れできないことであり、このことは安心感の欠けた人からすると極めて重要なことである。それは、中国ではまだお年寄りの福祉制度が不十分であり、お年寄りは家庭の世話に頼るばかりで、その世話をするのは通常はその子供たちだからである。このような関係性は一定の束縛性を持つが、私たちは自分の両親や級友を選ぶのは難しく、もしその関係において問題が起きても離れがたい。私たちが経済的に自立し、自分と気の合った友人を作り、相対的に平等な関係の中で情感を寄せたり受け入れたりすることがで

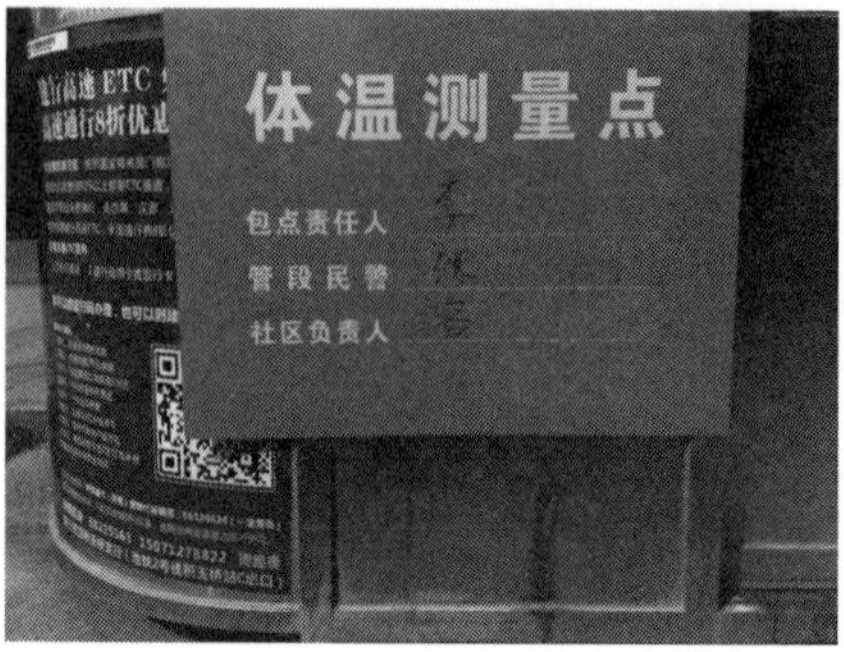

体温測定ポイント
（人名は見えないように加工を施した）

きるようになって、ようやくそうした束縛性のある関係から少しずつ抜け出すことができる。

　昨夜ちょっとした思いがけない出来事があった。

　去年、目の検査を受けた時、円錐角膜《えんすいかくまく》（角膜が前方に円錐状に突出する病気）だと診断された。元の状態に戻ることはなく、治せない目の疾患なので、やや特殊なガス透過性ハードコンタクトレンズ（RGP）をつけてコントロールしないといけない。それで三八〇〇元かけて高いコンタクトを買い、いまは毎日これを着けている。

　このコンタクトを外す時は吸引のスティックを使うが、昨夜は左目のコンタクトを取ろうとしてもなかなかできなかった。何度も繰り返し、吸引力は強かったものの、スティックの先にコンタクトが吸いついてこなかった。以前も同じようなことがあったが、その時は最後にはうまく取れた。

　病院にも行けないし、何回も気を落ち着かせて取るしかなかった。次第に、コンタクトが目にあるかどうかもわからなくなってきた。目から涙が溢れて、自分では何を見てもよく見えなかった。

以前、不注意でコンタクトを床に落とした時には、そばに他の人がいたので、その人に探してもらった。しかし、いまは自分で眼鏡の置いてあるもう一つの机へ行かざるを得ない。もしコンタクトが床に落ちていたら、移動中に踏んでしまう恐れもある。仕方なく、賭けで眼鏡を取りに行った後、コンタクトを置いている棚の上と周りを何回も探し、さらに範囲を拡げると、なんと一メートルくらい離れた床で発見した。まったく奇跡だった。

昨日、「万家宴」（大規模宴会）の行われた百歩亭団地[3]で、たくさんの棟から疑似感染と確定診断の感染者が出たため、友人が注意するようにとわざわざ知らせてくれた。

今日は素晴らしい陽の光、出かけないともったいない。

朝、外出すると、コミュニティの警備室に体温測定ポイントというお知らせが貼ってあった。外に置かれた椅子には、日向ぼっこをしている猫が一匹つながれている。

3　原注：百歩亭団地では「万家宴」（コミュニティの住民がそれぞれ料理を持ち寄って行われる年末の大規模な宴会）が一月十九日に行われ、合計四万人余りが参加。肺炎が広がった後にもかかわらず、予定通りに開催したことで、当時大きな物議を醸した。その後二月四日から、この団地では疑似感染者が多数出て、集団感染が疑われた。

湖畔で真剣に議論する人

自転車で隔離観察されている海鮮料理の店の前を通りかかった。道端で降りられるようにして一、二キロくらい走ったが、清掃作業員には出会わなかった。その後、湖の傍《かたわ》らを通りかかったので、降りて湖に沿ってしばらく歩いた。公園なのだが、ところどころに「入園にはマスクの着用を」の張り紙があった。

見かけた人は四人だけ。二人は湖畔で何やら真剣に議論していたが、その姿を見て、思わず悲しみがこみあげてきた。

以前は人の多いところが特に嫌いで、休日や祝日は、なるべく人気《ひとけ》のないところへ逃げていたが、こんなふうに公園に人が少ないことで悲しむ日が来るとは思いもしなかった。

湖の対岸に回ってみて、数日前に通りかかった内沙湖《ないさこ》公園だと、ようやく気づいた。

自転車で家に帰る途中、順豊の集配所の前を通った。カップ麺を食べる人と、前かがみでものに寄りかかって眠っている人がいた。

「四美包子《スーメイパオヅ》」の店のドアが開いていたので、慌てて自転車を降りて見に行ったが、営業していなかった。

続いて、仕事中の清掃作業員の秋《しゅう》さんに出会い、しばらく話をした。彼女はいつも六時に起きて、買い物で外出し、細々《こまごま》とした家事を片づけた後、朝食後十時過ぎに職場へ向かう。最近朝はかえって少し長く眠れる。毎日夜帰宅してから84消毒液で家中を掃除し、食器もすべて洗剤で丁寧に洗う。

立ち去る際にマスクを数枚渡したら、「あんたは足りているの？」と聞かれた。

フォロワーからのメッセージ

- 日向ぼっこをしている猫はわが家の飼い猫と少し似ています（笑）。〔ネット上で公開された日記には写真がある〕
- 外出の時にはきちんと安全防護をしてね。
- 封鎖が解除されたら、店に螺蛳粉を食べに行きたい。
- このところの野良猫と野良犬はかわいそう。街には人がいないので、食べ物にさえありつけない。

二月六日

かつての生活と、助けを求める一本の電話

昨日は「有点田園《ヨウディエンティンユアン》」〔二月二日の日記参照〕と一緒に録音したポッドキャスト〔前出〕を公開したところ、微博《ウェイボー》でいくつかのコメントを受け取った。どれも憂《うれ》いに満ちたものであった。

ある人は、会社が持ちこたえられず倒産し、それによって失業することが心配で、そのうえ、一か月に八〇〇〇元の住宅ローンと二〇〇〇元の部屋代を支払わないといけないので、生活は本当に苦しいという。また別の人は、もう三キロ余り痩《や》せ、毎日疫病のデータを見るたびに、それが全国のものであれ、湖北省のものであれ、武漢のものであれ、全身が震えるという。

多くの給与生活者はもともと生活が大変で、生活のために踏ん張ってはいるが、大きな困難には耐え切れない。彼らはもともと生活を自分でしっかり掌握《しょうあく》しているという感覚があまりなく、こうした疫病の蔓延下では、潜在的な問題に対しての公的な解決方法や措置がないので、個人はいっそう無力にさせられてしまう。

「政府は頼りになる確かなことを、責任を持って行うことができるので、庶民に心を寄せ

る政府であることこそ、庶民にとっては、自らの人生における主体性を掌握しているという最も大きな安心感となる」と言う人もいた。

昨日の夕食はレンコンの炒めものにお粥。

夜、いつものように友人たちとビデオチャット。司法試験のビデオを観始める人、友達と火《ひ》鍋《なべ》を食べた人もいる。

昨日に続き「関係」についての討論を続けた。関係性の中で自我をどのように確立するかという話になった。ある両親が子供を貶《おとし》める方法で子供に接しているが、それは常に子供を否定することになり、劣等感を抱《いだ》かせやすく、子供は自分自身が良いのか悪いのか疑問に思うようになる。親が子供を励ますやり方で子供に接すると、比較的自信を持つようになるとか。

ある人は、自信とは、枯れることのない井戸のようなもので、たとえ他の人に水を汲まれても、元通りになる、と言う。

私たちが経験してきた生活はとても狭く、人間関係も限られたものだったにもかかわらず、その中での関係が世界のすべてだと思い込んでいたために、少々の利害得失で言い争い、ただただ一生懸命にその中に身を置いてきた。でも、やっといま関係を作る基礎はその中に身を置くことではなく、より重要なことはお互いに認め合うことだと気づいた。

武漢では今日雨が降ったので、外出しないと決めた。

朝、フォロワーの女性からの助けを求めるメールに接した。ご主人と義理の両親が全員新型コロナウイルスの感染者と診断され、両親は既に亡くなっていた。家には子供が二人いて、一人は四歳、もう一人はわずか生後一か月。本人も疑似症状が出ており、隔離されているため、子供の世話を心配している。こちらから電話をして確認したところ、現在、子供の面倒を見てくれる人はいるが、話しぶりはいかにも心配そうであった。自分が隔離された後はどうなるのか、子供たちは引き続き世話をしてもらうことができるのかどうか、と。

気持ちを落ち着かせて、ここ数日のあいだにインタビューした清掃作業員の話を整理しようとしたが、集中することができなかった。

外は依然として静寂で人の気配がない。時おり窓の外に目をやる。心の中では何も願ってはいないが、何かを確かめようとしているようだ。

頑張って気持ちを奮い立たせた。ちょっとした仕事や勉強でもいい、私は何かをやり始めなければならない。気が散っているあいだ、どのようにして自分を良い状態にするかを考えた。

保存している「贅沢《ぜいたく》品」の中にキャンディーがあった。果物味で口の中で長く味わえる。

一粒取り出して口に含んだ。ほんの少し幸福感が増した。

二月七日

死はあまりにも重い

デマとは何か？　それは誰によって定義されるのか。誰が決める権力を持つのか、またどのように決めるのか。

いわゆるデマとは、事実であるかどうかを証明する過程が必要であり、あなたの言うことに賛同しないというだけで判断することはできない。

昨日の夕食はしいたけと肉の炒めもの、お粥。

夜は相変わらず友人たちとビデオチャット。テーマは死。

私の母方の祖父母は数年前に相次いで亡くなった。いまでも時おり夢で見たりする。「計画生育」制度によって、母が弟を身ごもった後、私を祖父母のところに預け、七歳の時に親元に戻った。それでも十数歳の時までは、毎年、春節は祖父母の家で年越しをした。祖父母は何も強制しなかった。村には同年齢の友達はおらず、多くの時間は一人で本を読んだりテレビを観たりしていたので、とても自由だった。二人の死は、向き合えないほど辛かった。その辛さを誰に訴えるのか、どのように話すのかもわからなかった。死について話す習慣が、私たちにはなかった。

私たちは、間もなく亡くなろうとする人に、その事実を隠そうとする。死は重過ぎるし、私もそうした負担を人にかけたくない。

ある友人の母親は既に亡くなっている。彼女は言う。「私は家族とよく母のことを話すの。私にとってとても大切な存在だし、母はいまも私たちと一緒に生きているから」と。

みんなも、口々に自分の死に対する不安を語り出した。死の前の苦痛を恐れる人、「わたし」の消失と自意識の消滅を恐れる人。一時期、寝ることは死に近いので寝ようとしなかったという人。死後の財産をどう処理するかで悩む人もいた。

話題はガンに罹《かか》った人が生きるために闘うことに及んだ。確かにガンに勝って長く生きた人もいる。今回の疫病の広がりの中で、突然、しかも集中して死ぬケースが多いことも話題になった。その人たちは、お葬式もなく、愛する人と最期のお別れすらできなかった。末期ケアどころではなかった。

突然、誰かが「李文亮《りぶんりょう》[4]さんが亡くなった！」と言った。

4　李文亮（一九八六〜二〇二〇年）。武漢市中心医院の眼科医で、治療に当たった知見をもとに、人から人へ感染する疑いのある原因不明の肺炎が発生していることを指摘していた。「哨《しょう》（警笛）を吹いた人」といわれる。

「何だって！」と叫ぶ人。

「これは不公平な死だ。私たちがいま生きているのは、ただの偶然の幸運に過ぎない」

ビデオチャットを終えて、私は微信のモーメンツを開いた。李文亮さんの死はデマであって欲しいとみんなが祈っている。しかしデマだと勝手に断定できないし、信じたくない事実をデマにすることもできない。

ベッドに横たわると、涙が止めどなく溢れてきた。やがて声を出して泣いた。

頭の中は「どうして？」で充満していた。その後、いつ眠りに落ちたかもわからなかった。

朝、何度も目覚め、寝返りを打って寝続けようとしたが、眠れなかった。起きて現実と向き合いたくなかっただけである。結局ベッドから出て、携帯を開いた。李文亮さんの情報でいっぱいになっていた。

マスクをつけたまま自撮りした人がいる。マスクには「わからない」という文字。李文亮さんはデマを拡散したという理由で訓戒を受けた。その警告書にはこう書いてあった。

私たちは、あなたに冷静になってよく反省することを希望し、ここにあなたに厳重に警告します。もしご自身の考えに固執し、間違いを悔い改めようとせず、引き続き違法な活動をするのであれば、あなたは法律に基づく裁きを受けることになります。わかりましたか？

答〔李文亮〕：わかりました。

また涙が出た。こんなにもでたらめな社会で、私はどのように生きていけばよいのだろう？

それでも、何としても生きていかねばならない。これも一種の抵抗となる。そこで、いつものように運動をした。やがて、家の中では居ても立ってもいられず、外へ出た。

エレベーターにはティッシュペーパーが貼ってあった。ボタンを押すのに使うのだろう。

誰かと李文亮さんについて話そうとした。彼のことを忘れてはいけない。

最近河畔へ行く人は少ない。私はよく行っているので、河川敷の管理人と知り合いになった。

河畔まで歩き、その管理人に尋ねた。「李文亮さんが昨日亡くなったのは、知っていますか？」。口にした後で、私も、李文亮さんがいったい、いつ亡くなったのか知らないと思った。ある人によれば、昨夜九時半頃心臓が停止したが、その後ＥＣＭＯ《エクモ》〔人工肺装置〕を装着されて救急治療に入ったという。今日の午前三時四十八分に武漢中心医院は微博で、二時五十八分に逝去したと明らかにした。

管理人「知ってるさ。携帯で情報を見た。これはちょっと話しにくいね」と。

それでも私は続けた。「李さんは一番早く肺炎の情報を教えてくれた人です。だけどデマだとされています。いま、彼は亡くなってしまった。本当に悲しい」

管理人「こんなことはいっぱいあるさ。仕事じゃなかったら、俺だって家にいて出てこないよ」

私「私は家が退屈すぎるから、ちょっと息抜きに出てきたの」

管理人「気をつけなさいよ」

私「あなたもね」

今日の河畔は、特に人がいない。見かけたのはたった二人。何も持たずに鉄棒で体を回転させているいつもの「お年寄り」もいなかった。

家に帰り、蝋燭《ろうそく》を一本灯し、李文亮さんを弔《とむら》った。

シャワーを浴びているあいだ、携帯を開いて「インターナショナル」の曲だけを何度も繰り返して流し、その後で大声で泣いた。これは、これまでになかった悲憤である。

フォロワーからのメッセージ

- 湖北省全体が封鎖管理に入った……李医師のご冥福をお祈り致します。
- 正義はどこにあるのか？　李先生、どうぞご無事に天国へ。
- 昨夜、ニュースを見た時からずっと涙を拭いている。このニュースは本当に心に突き刺さる。
- 時には、生きていても、本当にどうしようもできないことがあります。

第五章

これが最後の外出かも

二月八日

私たちはお互いに闇の中の光

疫病が過ぎ去れば、人々はすぐに忘れる、と言う人がいる。

忘れるというのは、そんなにたやすいことではない。私たちはすべての人のことを覚えていることはできないが、大部分の人はこの期間のことを忘れようがないだろう。きっと、この時期の出来事、出会った人のことを、誰かに語っていくにちがいない。ＳＡＲＳ《サーズ》や四川《せん》大地震を語ったのと同じように。

そして、この期間の日々の記憶を持ったまま生きていくことだろう。

みんなが心配する忘却とは、いったい何だろうか。

私たちの社会は、今回の疫病の発生と流行によって改善されたところがなく、次に類似の災難が起きた時にも、依然として完全な防御システムは存在しないだろう。相変わらず誰かが無意味な犠牲者となることを思うと、先が思いやられる。

昨日の夕食はステムレタス〔茎レタス〕とソーセージの炒めもの、お粥。

夜は友人たちとのビデオチャット。私たちはみなネット上で始まった李文亮《りぶんりょう》さんの追悼活動を見ていた。夜八時五十五分から九時までのあいだは灯《あか》りを消して黙祷した。九時から九時五分までは、灯りを出せるすべての物で窓の外を照らし、一斉にホイッスル〔警笛〕を吹いて響かせた（その他の器具や設備を使って音を出した人もいた）。

みんなは、次々とＷｈｉｓｔｌｅ《ホイッスル》という音声ソフトをダウンロードしたが、試してみると出せる音量が小さいことがわかった。ホイッスルを作る動画を見つけて自分で作ってみた人もいたが、うまくいかなかった。

私が住んでいるコミュニティの向かいのビルは、普段はまばらな灯りがあるだけである。それが九時になると、ビルのあちこちに弱い光が灯った。

その時、私たちはお互いに闇の中の光となった。これは封鎖を貫き通す光である。

私たちはみな、もっと多くのことができることを願っている。そうすれば悲劇的な犠牲を減らせるのだが、なかなか難しい。

こんなことを提案する人がいた。「私たちが超絶な想像力を発揮するしかない。想像してみよう。もし超能力を持つことができるとすれば、みんなどんな超能力が欲しい？」。

「食事をしなくてもお腹が空かず、シャワーをしなくても汚くならない」という超能力が欲しいと言う人。「人間を善良にさせる」超能力の欲しい人。それは「悪事を働けば必ずその報いを受ける」ようにする超能力で、たとえば他の人を傷つけると、その人の身にも必ず同じことを生じさせるということだという。映画『銀河ヒッチハイク・ガイド』（イギリスのSF小説、のちに映画化）に出てくる「感同身受（同病相憐《あいあわ》れむ）銃」が欲しいと言う人もいた。それで同情心に欠ける人に他人の苦痛を感じさせることで、傷つけることを減らすのだという。

ある人は、超能力にはおそらく不当使用の可能性も多分にあると指摘した。「超能力」は一種の権力であり、権力は制限されなければ、濫用《らんよう》をもたらす。

私たちは、この世に超能力なんて存在しないことを知っている。それでも超能力を欲しいと思うのは、無力さを感じているからである。

怒りは人に力を与える。怒るのは、私たちがしばしば不公平を目にするからである。それから話題は、私たちに怒りを覚えさせる人間と行為に及んだ。ある人は、高校時代の先生が、気に入らない成績の悪い生徒に対して、クラスの生徒全員にその子の悪口を書かせるなど、さまざまな手口で追い出そうとした、と話した。彼女がそのクラスメイトの長所を書いたら、親が学校に呼び出されたという。みんなも、同じように自分の権力を使って生徒を辱《はずかし》める先生に遭ったことを次々に吐露《とろ》した。

　私たちは小さい時から、いい生徒と悪い生徒に分けられてきたが、成長するにつれて、こうした区分や低めの評価がますます増えてきていることに気づいた。人と人のあいだに等級を作り、その低い階層に分類されて権力を持たない人たちは、尊重されるに当たらないかのようになっている。

『ブラック・ミラー』[1]第三集には、「ゴキブリ」を追撃し殺戮していた兵士たちが、自分たちが殺していたのは、実は人間だったことに気づくという話がある。兵士たちの体には一種のマス・システム〔戦闘システム〕が埋め込まれているだけで、いわゆる遺伝子異常の人間がゴキブリに見えてしまい、その結果、狩りをするように殺害してしまう。この話では、軍部が少数の人間を異化〔エイリアン化〕し、一見すると高い価値観によって、自分たちの殺害行為を正当化している。

　私たちはみな、強い者が弱い者をいじめるのを嫌い、他者に対して誠実で、本当のことを話す人が好きである。ところが、誰も真実を話そうとしない。真実を話せば代償まで払わされる社会では、本当のことを話す人は、いっそう貴重である。

1　二〇一一年から放送されているイギリスのSFオムニバスドラマ。エミー賞の作品賞や脚本賞を何度も受賞している。

李文亮さんは、本当のことを話した人だ。

野菜が残り少なくなったので、今日は食材の補充にスーパーに行った。外に出た時、一人の建築作業員に会ったので、こちらから話しかけた。彼は山東省の人で、地下鉄工事の作業員をしており、地下鉄の駅の隣に建てられたプレハブに寝泊まりしている。

スーパーの入口で検温された時、少し心配が頭をかすめた、万が一、熱があったらどうしよう？　方艙《ほうそう》医院〔急遽《きゅうきょ》造られた仮設のシェルター式病院〕に強制的に送られるのだろうか？　聞いた話では、そこは医療従事者も、基本的な医療物資も、食料も不足しており、かえって交差感染[2]の起こりやすいところだそうだ。

スーパーの客は少ない。野菜は比較的充足しており、お米や乾麺もまだある。肉類は残りわずかだったが、鶏のもも肉を二本買った。

店員の話では、肉類は早朝の開店早々に奪い合うようにしてきれいになくなったという。ヨーグルトの棚は品薄で、ハンドソープは売り切れ。今日は元宵節《げんしょうせつ》〔旧暦の正月十五日〕で、この日に食べる白玉団子のほうは充分にある。私は祝日を楽しむ気分ではなく、とりわけ白玉団子が好きなわけでもないので、買わなかった。

食上添《シーシャンティエン》レストランは、病院向けに食べ物を提供しているようで、防護服を着た二、三人の人が食べ物を取りに来ており、店に入る前には消毒用アルコールで消毒していた。コンビニには、昨日の午後五時以降、しばらく営業を停止したというお知らせが貼ってあった。今日も曇り空で肌寒かったが、十二時過ぎに家に帰ろうとした時、地面に映された影で陽の光に気づいた。光は強くなかったが、とても貴重。

途中、前回のインタビューで名前を明かそうとしなかった女性の清掃作業員（一月二十八日と二十九日の日記参照。三十日にも少し出てくる）が、路面の水たまりを掃いているところに出会った。彼女は二枚のマスクを重ねてつけている。そんなことをする必要はないと言ったら、「放送で今回の病気は感染力が強く、マスクをつけても必ずしも役に立たないと言っていたわ。私にいま何かあったら、私の息子はどうするのよ」と言う。

彼女の恐怖心を消し去ることはできないので、「勤め先はみなさんに何か基本的な防護訓練をしてくれましたか？」と聞いた。

「いいえ」という答えだった。

マスクをわずかばかり渡した。彼女は「ありがとう」と言った。

2　保菌者から人へ直接、または器物を介して間接的に伝播すること。

名前をもう一度尋ねると、今度は教えてくれた。胡という姓だった。

フォロワーからのメッセージ

- 自分がかつて信じていたものが壊れていくのを感じています。しかもおそらくどんなに時間がたっても回復はしないでしょう。元宵節おめでとう。お大事に。
- 緊張の雰囲気は私たちのところにも伝わってきました。東北三省〔黒龍江省、吉林省、遼寧省〕もコミュニティの封鎖と外出の制限が始まりました。疫病の広がりが一日も早く収束し、罪のない人たちの犠牲が減り、みんながあるべき生活の姿を取り戻すことを願っています。――その後で、またこの総括をしましょう。

二月九日

「春節おめでとう、武漢がんばれ」

どのような人が謝《あやま》らないのだろうか？

両親はほとんど謝らない。謝る時でも、いつも「あなたのためだ」と言い、子供が親の心をわかっていないということを暗に責めている。

ある年の春節、父と母は、私がはっきりと断ったにも関わらず、お見合いを用意してきたので、大変怒った。私の気持ちを尊重してくれていないので、その人には会いに行かないと言ったら、両親は逆に私を礼儀知らずだと責めた。

この出来事を、微信《ウェイシン》のモーメンツにかつて書き込んだことがある。ある人がメッセージに、両親のことを理解して、父母とコミュニケーションを取るべきだと書いてきた。しかし、問題は私にあるわけではないので、私のほうからは親と対等に会話をする扉を開けようがなかった。

子供が成人してもなお、家長風の話し方で子女を教育しようとする親が多い。「お前にはわからない」「私がなめてきた苦労はお前が歩いてきた路よりも多い」〔経験値の差をいう〕とよく言われる。見識のより高い自分たちが間違うはずなどないと思い込んでいるので、子女を対等に扱い、尊重しようとしない。

セクハラの加害者もあまり謝らない。逆に被害者をとがめる言葉で自己弁護し、それは自分のほうの過失ではないと言い張る。「服装がだらしないからだ」とか、「夜に外出するべきではない」とか、「あなたが誘惑したんだろう」などと言う。

残念なことに、尊重されない人、権利を侵害された人は、なかなか謝ってもらえない。

李文亮さんは、謝ってもらえるのだろうか。

昨日の夕食はセロリと豆腐干《とうふかん》の炒めもの、お粥。夜は李文亮さんの追悼活動に参加した。

昨夜のビデオチャットのテーマは「世界の終末」。一人から、「もし人類があと一日で滅亡するとしたら、あなたは何をする？」と質問された。

私たちは議論する中で、生きられるのがわずか一日だったら、世界はきっと現在のロックダウンよりもさらに酷くなるであろうことに気づいた。他の人に奉仕し続ける人間が少なくなるので、人々が思い描く麗しい多くの夢が実現しなくなるからである。

世界の終末の日、人々はきっとやったことのない何かをしようと思うにちがいない。未来はなくなり、倫理も存在しなくなるからである。人間がいま規則を守っているのは、社会秩序のためであり、社会が規則を遵守する人を褒《ほ》め、破壊する人を罰するからである。

世界の終末の日、人々には欲望もあれば、恐怖もあろう。互いに心を寄せる人を探し求めようとするはずである。

互いに心を寄せ合うことは、寂しくはあるが安全な関係であり、こうした関係にある人は相手と自分しかない。しかし、この関係を探し求めるのはとても難しい。私たちが心を寄せる人は、必ずしも私たちに対して同じ思いを持つとは限らないからである。まして交通が遮断されたら、私たちも心を寄せる人と必ずしも一緒にいられるとは限らない。

人々は、世界の終末の日の恐怖に、いかに対処すべきだろうか。

「宗教団体だったら、何らかの集団儀式によって慰《なぐさ》めを得られるだろう」と言う人がいた。では、私たちのような無神論者はどうすればよいのか。そこで、みんなの欲望を満足させるために、ある人はセックスパーティーを開いて、誰でも参加自由にしたらどうか、という意見を述べた。

終末の日に、解決するのが難しい問題が食べ物である。「火《ひ》鍋《なべ》にしよう」と言う人がいた。だが、世界の終末の時、みんなが我を忘れて狂喜しているのを見ながら、黙々と野菜を選び、洗う人がいるだろうか？　やはり、人類のもっとも基本的な需要は、社会から離れたら成り立たない。世界の終末の日に、豪華な食事にありつけるのは少数で、ほとんどの人は、スーパーに行って自分の好きなインスタント食品を買ってくるしかないだろう。

このことについて、ある人は驚嘆して言った。「私たちは人類の秘密を発見したわ」。

寝る前に携帯をいじっていると、二月四日の微信の公式アカウントにある音声がアップされていたのに気づいた。山東省の若い女性が武漢市長のホットラインにかけた電話の録音だった。電話の中で、彼女は武漢市政府が山東省から支援された三五〇トンの野菜の処理方法に不満を述べ、政府はこれを転売すべきでないとし、支援物資を分配する手順についても提案して、最速の方法で第一線にいる人たちの元に届けて欲しい、と言っている。

この録音には感動させられた。彼女は電話の最後で、市長からの返事を希望した。

多くの人が無力感に打ちひしがれる中、彼女は追及に立ち上がった。これは明らかに「是《こ》れ其《そ》の不可なる〔できないこと〕を知りて而《しか》も之《これ》を為《な》す」〔『論語』「憲問」〕行動である。

社会の改革は、数え切れぬほどのこのような人たちによって、押し進められている。

今日は陽光が美しく、我慢できず外出した。目的とする場所はなく、ただ陽の光を楽しむだけであった。

コミュニティを出ると、私が好きな河畔の河川敷のことを思い出し、行ってみることにした。そこは、ジョギングをしている時に偶然たどり着いたところで、数キロのコースは、季節の変化を感じさせる。春の青緑、夏の深緑、秋の黄金色、そして冬の枯葉色。私のお気に入りの場所である。

　自転車で河川敷に向かう途中に通りかかったコミュニティの建物の下では、防護服を着た人が何人か立っていて、一人がスピーカーで住民に降りてきて野菜を受け取るように呼びかけている。二人のお年寄りが野菜を受け取り、またすぐに上って行った。

　河川敷の入口に着くと、管理人が小さい腰かけに座っている。手前に瓜子《グワヅ》〔西瓜やひまわりの種を煎《い》ったおやつ〕の袋を置いてのんびりと前歯でかじっている。「いまでも仕事の時は怖い？」と尋ねた。彼は眉を顰《ひそ》め、「何も怖くはないさ、免疫力が強いかどうかだ」と答えた。

　彼が本当に心配していないのかどうかはわからなかった。ただ気をつけてほしいと思うしかなかった。

　河川敷の道の両側は、数メートルおきに黒い柱の街路灯が立っており、その街路灯の一つおきに黒いスピーカーがつけられている。そのスピーカーが一分おきに放送していたのは、「武漢市新型肺炎防控《ぼうこう》〔防御〕指揮部の通達を着実に実行し、疫病防止の事業を全力でなし遂げるために、市民及び観光客のみなさん、公共の場所では必ずマスクを着用し、園内ではペットの散歩をしないように、あたりかまわず痰《たん》を吐《は》かないように、また集まっての活動はしないでください」との内容で、ひどく風景を台無しにするものだった。

前回ここに来た時は、ロックダウンの数日前で、友人と一緒だった。植物を識別するソフトで植物を調べ、サルビアと萩を知った。私は日頃よく目にする植物についても、あまり知識がない。

河川敷は人が少なかったので、時折マスクを顎《あご》の下までおろして、しばし自由な呼吸を楽しんだ。

この河川敷には歩道があるので、たまにジョギングをする人とすれ違う。ある男性の携帯用のスピーカーから軽快なリズムで、「男が悪くなければ、女は好きにならない」の歌が流れている。普段なら俗悪な歌と思っただろうに、いまは、熱気があって楽しげにも感じられる。

黄色くなったメタセコイアと、黄金色のデージーの前を通る。

若いカップルがいて、女子学生はマスクの他にヘルメットを被っていた。

月亮湾《げつりょうわん》の船着き場まで歩いた。近くの金牛水泳倶楽部の入口に小さな黒板があり、そこには次のような文字が書かれていた。

水温：七・四度

二月七日

春節おめでとう、武漢がんばれ。

枯れかかったひまわりの畑を通り過ぎる。一本だけ、まだ頑強に立ち、生命力を保持している。

帰り道、レストランの前を通る。入口には魚が十数匹干してあった。壁の張り紙に、「武漢は毎日同じではない」と書いてある。だが、現在の武漢は毎日同じで、道には誰もいない。

その後、道端に止まっている一台のタクシーを見かけた。運転手は携帯をいじっている。自転車を止めて尋ねた。

「いま、患者さんの送迎をしていますか？」。運転手はやや緊張した口調で、「熱が出ている人は断わりますが、主に買い物や薬を買いに行くお年寄り、体の弱い人、病気で体の不自由な人を送迎しています」と答えてくれた。

「コミュニティが用意したのですか？」

「ええ」

頑強なヒマワリ

「それでは、熱がある人はどうしますか？」

「それもコミュニティが扱っています」

「では、コミュニティがマスクを配っているんですか？」

「会社からです」

「消毒用品は？」

「一回お客さんを乗せるごとに消毒することになっています」


私は「お疲れ様です、お気をつけください」と言って、自転車で家に向った。

フォロワーからのメッセージ

- ささいなことに突然感動し、しっかりやっていかなくてはという思いになります。ありがとう！
- ありがとう。あなたの文章は私の暗闇のような恐怖を射抜く光です。その真実と苦しみには、力が溢れています！
- 生命力いっぱいの草花を目にすると、まるでウイルスがなかったようで、すべてはこんなにも美しい……本当にウイルスがなかったらどれほど素晴らしいことか……。

二月十日

得がたい再会

ここ何日か、たくさんの方が武漢はいまどうですかと尋ねてくださる。これはもちろん心を寄せてくださるからなのだが、申し訳ないことに私はこれにお答えしようがない。

誰が武漢を代表できるだろう？　武漢にはどのような人たちが住んでいるのだろう？新型コロナウイルスの感染者、医療従事者、各種の慢性疾患の患者（ＨＩＶ感染者、糖尿病患者など）、体の不自由な人、独り暮らしのお年寄り、清掃作業員、スーパーのレジ係、配達員……。

あなたが尋ねているのは、誰なのでしょうか？

武漢はいま混乱状況にある。誰一人として明解にして完璧な答えを持ってはいない。自分の周りの環境と、ほんの一部の人たちを少し理解しているだけで、私の情報取得の方法も、みんなと何ら変わらない。

昨日の夕食はしいたけとソーセージの炒めもの、お粥。
しいたけはロックダウンの初日に買ったもので、もう十数日も冷蔵庫の中にあったため、そのうち一本は赤黒色に変色していた。包丁で切ってみたが、やはり気になってネットで調べてみた。しいたけの黒く変色したものはカビであり、食べないほうがいい、とのコメントがあった。慎重を期して、やはり切ったしいたけを捨てた。

野菜は余分に備蓄しても腐ってしまうので、無駄にしてしまう。でも生きるためには、私たちは備蓄しないわけにはいかない。

夜は友人とビデオチャット。広東の友人が宅配を注文したら、レシートに「デリバリー安心カード」が付いていた。そこには調理人、詰めた人、配達員の名前、さらに体温及び両手の消毒状況などが記されている。何人かの友人は、家で親戚の子供たちの宿題を見ていて、忍耐力が極限に来て、時には我慢できず子供に当たってしまうという。その中の一人は、「子供はやっぱり優しいよ。次の日には私たちを許してくれている」と言った。それはもちろん、子供が生きていくには大人に頼らざるを得ないからである。

私たちは強迫性障害について議論した。執拗《しつよう》に顔のニキビを引っ掻《か》く人、シャワーの前に浴室をブラシで徹底的に掃除する人、シャワーを浴びて着替えをしないと自分のベッドに腰かけられない人、現金を触ったら必ず手を洗う人。「強迫性障害のことばかりしゃべっていたらますます悪化するよ」と言う人がいた。人間は、何らかの名称で自分の行為を説明することは必要だが、それをもって自分を定義してはならない。人はそれぞれの段階である種の強迫行為があり、または鬱《うつ》の症状が出るかもしれないが、私たちがいつまでもそういう人間であることを意味するものではない。こうした行為と症状には、それなりの原因がある。そこで、私たちはなぜそうした強迫性障害が出るのかについて討論することにした。シャワーの前に浴室をブラシで徹底的に掃除する人は、両親の家ではそのようなことはしない。実家ではたとえ自分がやったとしてもシャワー室の清潔さを保つことはできないが、自分が借りている部屋の中なら責任を持って管理できる感じがするのだとか。

いくつかの強迫行為とは、ある種の秩序を求めるために、自分自身の確かな掌握《しょうあく》感と安心感を探す行為である。

ある友人はイギリスの会計士資格の受験勉強をしている。彼女が言うには、誰もが基本的な会計知識を持つべきで、イギリスでは自分で確定申告をすることになっている。これは、国家の税収政策に関与し、理解する方法でもあり、もし不満があれば具体的な意見も出せる。ところが私たちのほとんどは、自分の納税の状況について何も知らず、ただただ受動的に税収政策に従っているだけだ、とか。

いわゆる専門知識について、私たちは理解する必要はないと思うことがある。実際、専門主義でもって普通の人たちを排除しようとする人もいるし、酷い時はその種の情報の差を利用して自分の利益を計る。どの専門領域であっても、深く知るには当然長時間の勉強が必要だが、それでも、中には簡単な言葉で普通の人たちにその内容をわかりやすく説明してくれる人もいる。今回の疫病の蔓延の中でも、多くの人が、防護やウイルスについてわかりやすい解説をしている。

今日は曇り。外出する必要と意欲がなく、ややほっとした感じ。

朝は資料の一部を整理したが、あっという間に二時間がたっていた。

数日前、ある友達が、「浩劫《こうごう》〔大きな災い〕に生を求む（Surviving Disaster）」[3]を観るように薦めてくれた。これは、実際の生活の環境下で生じた各種の災害を再現したシリーズ物の教育学習ドキュメンタリーである。お昼に観た第一回はハイジャックの場合である。ハイジャックされたらどうやって力を合わせて犯人を制圧し、自分を守るかについて、一人の人がその方法を一から教えている。ハイジャック犯の両手両足を縛りつけながら、その人は次のように言っている。

「まず、彼らの感知能力を奪うんだ。最も重要なのは、コントロール。できるだけ彼らの物事を掌握する能力を奪うことだ。視力、話す能力、さらには耳を塞いで、犯人たちを完全に使えないものにするんだ」

その瞬間、私はハイジャック犯との間に共鳴が生じた。私たちは、正しくハイジャック犯のように扱われているのではないか？　直接感知能力を奪われてはいないが、目に映り、耳に聞こえる情報は濾過《ろか》されており、私たちはいつも声を発することができない。

李文亮さんに関する情報は、すでに消えている。社会が一人一人に自主検閲を迫るだけでなく、他の人を検閲する人までいる。他の人に向かって、その人物と無関係の言論や、誰も侵害しない言論にまで、削除するように意見を言う。

午後、ある友達と会う約束をした。

彼女とは武漢で知り合った。二回しか会っていないが、とても気が合う。前回会ったのが一月十九日。今回、まさか封鎖された都市の中で会うことになろうとは。

本当に得がたい再会である。

3　二〇〇九年に放映されたアメリカのテレビのドラマ仕立ての連続ドキュメンタリー番組。さまざまな災害の最悪の状況の中で、視聴者が生き残るために何ができるかを解説している。全十集からなり、第十集（二〇〇九年十一月）では、ウイルスのパンデミックを取り上げている。

完全装備の友人

彼女は電動バイクを持っているので、私を訪ねてきてくれた。出かける時は小雨がぱらついていた。

友達は全身完全装備で、マスクをつけ、レインコートを着て、リュックも雨よけのカバーに包み、足元は青の雨靴を履いていた。幸い、外には誰もいなかった。そうでなければ、私も彼女だとはわからなかった。

お互いに暗黙の了解があって、私は家の中には招かなかったし、彼女もどこか外で座れる場所を探そう、と言ってくれた。

いまはゆっくりできる営業中の店など見つけるのは不可能だ。餃子の店が入口に大きな簡易ビニールの雨よけを張っていて、その下にはベンチがある。二人でそこに腰掛けて話し始めた。

彼女も、この都市のために何かをしようと考えている。たとえばビデオでも撮って、封鎖中の武漢を記録したい、とか。

何かができるという考えは、彼女を非常に高揚させているようで、話す言葉の一つ一つに、喜びが満ち溢れていた。

雨がやんだので、二人でしばらく河畔に沿って歩いた。河畔のレンガの隙間に苔《こけ》が生えていた。

フォロワーからのメッセージ

- 傷跡は痛まないかもしれませんが、記憶から消えることはありません。
- あなたの日記を読むといつも励まされます。すべてを記録してくださることに感謝しています。
- やっぱり外出しない方がいい！　私たちのほうではマンションを降りることもできなくなりました。

二月十一日

封鎖管理が始まった

多くのフォロワーが私の食事を心配し始めてくれているが、少し意外な感じがする。自分では結構いいものを食べていると思っているのに。

幼い頃、毎日の朝と夜はほとんど「饃菜湯《モーツァイタン》」[4]だった。スープは「白麺湯《バイミエンタン》」で、小麦粉に少しの水を加えてかきまぜ、固い糊《のり》状にしてから、さらに水を加えてかきまぜとろとろの液体の糊状にする。最後はお湯が沸くのを待ってそのお湯に入れる。私と弟は「白麺湯」が嫌いだった。たまにお米のお粥も作ったが、お米の量はごくわずかだった。お昼はほとんどが麺。旧正月の年越しの時だけ肉を食べることができた。夏は野菜の種類が少し増えた。農村の人は自分で野菜を作っているからである。冬になると野菜が減り、主に大根、白菜、じゃがいも、玉ねぎだった。

いまは冬でも私が食べられる野菜の種類は多いし、肉だってほとんど毎日食べられる。毎日お粥を食べるのは、面倒なことが嫌いなので炊事の時間と手間を少し省《はぶ》くためで、朝のうちに夕食に食べるお粥を作っておく。それでも自分は料理をするのが好きな方だと思うが、毎日多くの時間を料理と皿洗いに使うのは大変である。日常の中のこうした仕事は相対的に単調で繰り返しが多く、人は一般に創造的な仕事をしている時には、そちらにより価値を感じる。むろん、暇《ひま》な時に新しい料理を学ぶのはとても満足感があるだろうが、ただ自分のお腹を満たすためにする料理からは、多くの楽しみを感じるのは難しい。たまに炊事をするだけの男性には、女性の家事労働に対する不満を理解することはできない。

貧困は、究極のところ、分配の不平等である。

貧困が病気に出遭えば、死亡はさらに近づく。今回の疫病でも、各省と市の病死率の中で、天門市がずっと高いままである。二月九日、湖北省衛生健康委員会が初めて公表した各地の病死者の資料がはっきりと示しているように、天門市の死亡率は五・〇八パーセントで、省内で一番高い。天門市には三甲医院[5]が二つあるが、三甲の総合医院は一つあるだけである。医療資源が限られているので、病死のリスクは高い。

昨日の夕食はにんにくの芽、しいたけ、豆腐干の炒めもの。夜はいつも通り友人たちとビデオチャット。

4　原注：小麦粉で作った餅を〔小さくちぎって〕野菜とスープに加えたもの。

5　原注：中国で「三級六等」に分けられる病院ランクの中で、最高クラスの病院。

ある友人が、コミュニティから出る際に検温されたら三四度、家族には三二度だった人がいる、と言う。噂では二五度の人も。それでも検温係は低ければ低いほどいい、と言う。人類の正常な体温を完全に無視している。

「封鎖が解除されたら、最初に何をしたい？」と質問する人がいた。するとある友人が、自分の見たコントの一幕を持ち出して言った。「もう一日家にこもる。万が一、翌日、解除がデマだとなったら困るから」。この話に、全員がなるほどと妙に納得した。

次の話題は「後悔したこと」。私に贈ったプレゼントが少なかったことを後悔しているという友人がいた。自分はむしろプレゼントをもらうことに負担を感じていると自分の考えを言った。「礼は往来を尚《たっと》ぶ」（『礼記』「曲礼・上」）という社会のしきたりにいつも束縛されて、お礼すべきだと思うものの、いつもお返しの贈り物が相手の好みに合うかどうか、使ってもらえるかどうか、選ぶのにはいろいろとエネルギーを消耗するからである。みんなも似たような悩みがあると告白した。

貧しい人は特に贈り物を気にする。一人の友人はこんな話をした。「張愛玲《ちょうあいれい》の小説で、ある人がとても貧しい頃、人の家を訪ねる時にいつも手みやげを持って行っていたのに、生活が楽になったら、そうしなくなったし、人目も気にしなくなった。『あの人、以前はちゃんと手みやげを持ってきていたのに、最近は礼儀にこだわらなくなったね』なんて言われても」。

小さい頃から、周りの人は、他人からの贈り物で関係の親疎《しんそ》や上下関係を判断していた。両親も、お正月にどんな贈り物をもらったとか、結婚式に親戚たちがどれほどのご祝儀を包むかを気にしていた。私が中学生だった頃、一週間の生活費は一〇元くらいだったが、それでも節約して友達の誕生日プレゼントを買い、自分の誕生日の時にもらうプレゼントを期待していた。

多くの人はもはや昔のクラスメートとはさほど親しくはなくなっているのに、社会的なプレッシャーによって、結婚の時にはご祝儀を包む。プレゼントは本来気持ちを伝えるはずのものなのに、形式的なものになってしまっている。ある友達は、結婚式の時、お祝いのご祝儀の代わりに、ちょっと特別なもの、自分の手作りのプレゼントを贈ったことがある。しかし本人はなぜか申し訳なく感じているらしい。こんな環境の中では、ちょっとした節約上手な仲間は、なかなかありがたい存在になる。一緒にプレゼントを買う時に値切ってもくれるし、安いものを買うことができれば達成感もある。

ある友人は、卒業したばかりの時、一〇〇〇元以上のコートを買ったが、いま思えばあれも一種の不安からだったのかもしれない。でも、高い服を買ったことぐらいで不安を抑えることなんてできなかったと言った。

今日は曇り。朝は出かけるつもりではなかった。武漢市新型肺炎防控〔防御〕指揮部が夜中に発表した通知に、全市のすべての住宅コミュニティの封鎖管理を実施することを決定したとあった。

これで、外出しなければならなくなった。

本当にすでに実施され始めているのかどうか、また封鎖管理とはいったいどのようなことなのかも確認したかった。

コミュニティの入口には、警備員の他に三人いる。私が出る時に誰も止めなかった。

スーパーへ行った。野菜は多かったが、肉類はほとんど売り切れており、ヨーグルトは半額になっている。肉のコーナーに行くと、量り売りの店員が肉の包みをいくつか量り終えて並べていたので、肉を三袋買った。おやつ類も売り切れていたが、私はビーフジャーキーを少し買った。

これが私の最後の外出になるかもしれなかったので、少しでも外にいようと、自転車であちこち回ってみた。

薬局の入口では何人かが薬を買おうと並んでいたが、意識的にお互いの間隔を一定に保っていた。

今日は体温測定のボランティアが机を出していた。野菜を売る露店商が、閉まった店舗の前で露店を開いたが、城管《じょうかん》[6]から別の店の横に移動させられた。少なくとも八人の市中取り締まり役の男たちは、このことを処理するのに全員ただ突っ立っているだけで、誰一人野菜を運ぶのに手を貸そうとしない。

積玉橋街のコミュニティの衛生サービスセンターの前を通りかかった際、入口で何人かの防護服を着た人を見かけた。ＣＴの写真を手にした人が、制服姿の人と何やら話していたが、はっきりとは聞き取れなかった。

コミュニティの外にやはり三人が立っている。そのうちの一人は防護服を着ている。私が入ろうとしたら、「なるべく外出しないように」と注意された。心配になって、「食料の買い物はどうするの？」と聞いた。

「多めに買いなさい」

「なくなったら外に出て買わなきゃ」

6　公権力の正式の執行者ではないが、主に各都市の街路において警察機能の末端を担い、各種の不法行為を取り締まり、都市の秩序を維持しようとする制服姿の監視員たちをいう。

「その時は外に出ていい」

「あなたたちは毎日ここにいるの？」

「いや、警備員がいるだろう。我々は市のほうから検査に来ているんだ」

見せかけばかりのイメージ作りの仕事に、いつも人が動員される。封鎖されたのはウイルスだけでなく、人間もだ。

家に帰って、買ってきた三袋の肉を十四日分に分けた。これからの二週間、毎日肉が食べられる。

フォロワーからのメッセージ

こういう時には冷蔵庫がとても大事……。

切った肉をラップで包んで冷蔵したら結構長く鮮度が保てます。ビニール袋の節約にもなります。ご自身もしっかり保護することを忘れないでくださいね。

第六章

いま何が足りない？
「自由」

二月十二日 ロックダウンの後、人はどこに逃げられるのか？

ロックダウンの後、あるフェミニストの仲間から、この状況下における家庭内暴力〈DV〉の問題について聞かれた。

「もし女性がDVに遭ったら、コミュニティの警察は出動できるかな？　被害者は助かるかしら？」と、彼女は心配そうに言った。ロックダウンされた都市で、たとえそういうことが起きても、常日頃これをありふれた家庭内紛争だと見なしている警察は、こんな時には余計に対応したがらないにちがいない。いまは被害者が社会のサポートを得るのも難しい。ソーシャルワーカーの機構もみな休業しているので、家を出ようとしても出られず、受け入れてくれる人もない。そのうえ、交通機関が止まっているので、遠くには行けず、ホテルや旅館も営業していない。

昨日、友人のLが、弟の奥さんのお姉さんがDVを受けたと言っていた。既に離婚していて、二人の子供がおり、平時はそれぞれが一人ずつを養育している。春節前、男性が春節を一緒に過ごしたいと、被害者の女性の前で土下座して頼んだという。

子供もそれを望み、傍《かたわ》らで泣いていたので、女性は男性の実家へ行き年越しをした。昨日、彼女は暴力を受けると、スーツケースを引きずり、二人の子供を連れて、思い切って男性の実家を離れた。

女性はLのところに行こうとしたが、彼女は同じ県城[1]ではなかった。またロックダウンによって、県城や村を出入りするには証明書も必要だった。Lは彼女が県城から出られないこと、現在住んでいる県城が証明書を認めないこと、一旦出たら、いま住んでいる県城にも帰れないことなどを心配していた。Lは家族と証明書の発行手続きを進めながら、被害者の女性に警察への通報を勧めた。

通報したものの、警察は出動しなかった。Lとその家族に対して、被害者女性と子供たちを迎えに行くことを許可しただけだった。しかし、男性の実家は二つの県城の県境からかなり遠く、車が出せないため、Lと家族は仕方なく男性に連絡を取り、彼にオート三輪で被害者女性と子供たちを追いかけさせ、県境まで送らせることとした。

最終的にLと家族は証明書を手に入れたので、車を運転して被害者の女性を迎えに行くことができた。Lたちが女性に会えた時、彼女と子供たちはすでに四、五時間歩いていた。

1　上級の大きな市によって管轄される県の行政の中心都市（城鎮）。

昨日の夕食は、にんにくの芽と肉の炒めもの、お粥。

夜は友人たちとビデオチャット。昼間に映画を観た人、読書をした人、カラオケのソフトをダウンロードして歌を唱《うた》った人がいた。話はやがてこの二日間のニュースの中で、さほど裕福でない多くのお年寄りが、現金を寄付したことに及んだ。たとえば、定年になった清掃作業員が、長年貯めた現金一〇万元をすべて寄付し、口座には一三・七八元しか残らなかったという。みんな一様になんとなく悲しくはなったが、感動はしなかった。

そのお年寄りたちの寄付金は、合理的に使われるだろうか。社会は、彼らの寄付金を受け取るのにふさわしいだろうか。

もし寄付をした人たちがそのうち病気になったら、社会保障システムは、彼らに治療とケアを保証できるだろうか。

このニュースは、寄付金を故意に誘導するためだろうと疑う人がいた。人々は何も寄付金を出したくないのではなく、誰のために寄付するのかが気になるのである。

そこで、話は老後のことになった。

「農村では、お年寄りの世間づきあいの範囲は、主に親戚とご近所の人」と言う人。また

「うちの祖母は都市で暮らしていて、よく無料の保健用品をもらいに行くの。祖母は賢くて、無料の保健用品しかもらわないけど、騙《だま》されるお年寄りも結構多いよ」と言う人も。お年寄りも、社交の範囲が定年などで狭《せば》まってしまっても、やはり人とのつきあいを求めている。杭州のあるお年寄りは、自分の家を賃貸に出して、別のお年寄りと一緒に暮らすことにした。ところが、一緒に生活してみると習慣などいろいろ違うし、コミュニケーションの問題もあった。私たちも、他人と家賃を出し合って同じ家に住んでいれば、同じような問題が出てきて、これが日常生活上での不和となる。

　お年寄りに対する私たちの理解と認識は、あまり充分ではない。みんなが想像しているお年寄りは、元気がなく、社会から離脱しているというもの。しかし、実際は「高齢者」についても新たに定義する必要があろう。同じ年齢でも、人によって大きな差があり、農村の人が年を取りやすいのは、肉体労働をし、長年外で陽の光に晒《さら》されているからであろう。残念なのは、労働力が過剰なため、都会のお年寄りは定年になると再就職が難しいことである。それでも多くのお年寄りたちは家に閉じこもろうとせず、なるべく活動範囲を広げようとしている。その多くは「広場ダンス」〔前出〕を踊り、一定の経済力のある人たちは各地に旅行に出かけている。

　昨日、モーメンツに多くの人が箒《ほうき》を立てる動画をアップした。なぜなら「ＮＡＳＡが言うには、今日の地球は完璧な重力角度にあるので、箒が何の支えもなく立つ唯一の日だ」というニュースが流れていたからだという。自分も最初は疑っていたけど、やってみたら成功したので、ほんとに不思議だと思ったという友人がいた。

箒が立つかどうかは、箒自体の状態にもよるだろう。どんな物体でも、重ければ重いほど、大きければ大きいほど、立つ確率も高い。この類のニュースは、普段でも信じる人がいる。ただ、いまはみんなかなり暇《ひま》で、時間もあり、好奇心もあるので、試したくなるのだろう。

武漢は昨日からすべてのコミュニティに対して封鎖管理を実施した。今日も外出して状況を観察することや、その他にも外出のための理由を考えたものの、起きた時には、ひどく疲れを感じた。運動すれば元気になると思ったが、それもただぼんやりとやって終わった。それに天気は曇りで、いっそう外出する気にはなれず、とうとう自分に休暇を与えた。「０７４ホットライン」では最近、セクハラに関する問い合わせを二つ受理したので、仲間たちとその案件について討論し、分析した。わずかな時間だったが以前の生活に戻った。

いつの間にか空が晴れていた。

午後五時、窓の外を眺めていると、陽射しが美しく、向かい側の建物の人が布団を干しており、階下に住む家族はスーパーから帰って来たようで、車からいくつもの袋を取り出していた。

フォロワーからのメッセージ

- お年寄りにとって、寄付されたお金が本来使われるべきところに使われたなら、それは最も価値があることでしょう。
- お年寄りがお金を寄付されたというニュースが、フェイクニュースであることを心底願っています。
- みなさんが言うように、お金を寄付したくないのではないのです。現在多くの人は、誰に寄付されたか、使うべきところに使われたのかどうかがわからないのです。

二月十三日

自由が足りない

ある人から、いま日記を書くことと、以前の人を支援する仕事をすることの違いは何か、と聞かれた。

これはとても面白い質問で、両者の違いは、私が武漢のロックダウンの体験者である、という点である。

以前、私がしていたのは他の人を支援する仕事。性差別やセクハラの暴力を受けた女性たちのことはある程度わかっていたが、結局、どれも自分自身の体験ではなかった。いま私は、行動者であり、同時に体験者でもある。

いまの私は、みなさんに自分の知っている武漢を語っているだけでなく、武漢にいる自分自身も語っている。

このような語りには、ある程度の自己開示が必要で、私の無力さ、疲れ、憤《いきどお》り、もがき、抵抗を開示している。

公開すれば、必ず人々の検閲と批評を招く。性差別とセクハラ暴力の被害者たちも、自分の経験を公開して語る時、同じようにこの問題に直面していた。それでも彼女たちの多くは、語ることを選んだ。このことは容易ではないが、私は出来るだけ誠実であることに努めたい。

昨日の夕食はステムレタスと肉の炒めもの、お粥。

夜は友人たちとビデオチャット。昼間に猫に餌をやりに行った人、食べ物を買って村の入口の当番に届けた人、司法試験のビデオを観た人がいた。

話題は衝突について。ほぼ全員が面と向かっての衝突に対して強い恐怖を覚えていた。特に暴力的衝突である。衝突が暴走するととりわけ怖いとか、衝突に暴力的脅威を感じる、などと言う人もいた。また、衝突を目の前にして無力感に襲われる人も。何人かが、幼い頃に家で体罰を受けた経験を話した。一人は、父親から際限のない暴力を受けたそうで、暴力を振るう父の気持ちがわからず、このことが彼女を恐れさせ、無力化させたという。ある人は、「理性的な暴力」を受けた、と言った。ご飯を残さず食べなかった、あるいは時間通りにベッドに行かなかったというだけで殴られたことで、彼女はいつも用心深く、自分は何か間違いをしていないかと考えていた。

小さい時、私たちは暴力に対して隅《すみ》っこで身を縮めるしかなかった。大人になったいまでも、私たちは暴力的衝突を見るとどうしてよいかわからず、体が固まってしまう、と話す人がいる。

多くの女性も、セクハラを受けた瞬間に固まってしまい、一瞬動けなくなって、どうすればよいかわからなくなる。これが弱者の無力さの表れである。

なぜそうなってしまうのか。

女性は、社会から自分の怒りを表現するようなことや、当たり散らすようなふるまいを推奨されていない。女性が怒れば、「潑婦《ポーフ》」（当たり散らす女）と罵《ののし》られる。「潑婦」は女性に対する侮蔑の言葉で、その侮蔑は男性を「ＤＶ男」と呼ぶよりもさらにひどいことである。だから女性は他人や社会に向けて怒りを表現することをせず、多くの女性は黙って我慢し、独りで心を傷めるばかりである。ある人は、面と向かっての衝突の時に女性は「冷ややかな暴力」〔冷たい態度で相手を無視すること〕を使うことがあるが、それは他の人に向けたものではなく、むしろ自分を罰しているのだという。また、自分の不満を直接表現することも少ないが、これには訓練が必要で、私たちは、想像の中ではマシンガンのように人と言い争いをするが、現実の中ではいつも口ごもってしまう。母語あるいは方言で言い争えば気勢が上がる、と言う人もいた。むろん、ここでみんなに口喧嘩を勧めているわけではなく、衝突が起きた時のことを考え、訓練し、どう自分自身を表現するかを学ぶということである。

次には孤独と独り暮らしについて話をした。人が孤独を感じるのは、弱気になったり、迷ったりした時だという。ある人は知らない環境に身を置いた時や、人から忘れられ、無視された時だと言う。一人で何かの責任を背負わされる時なども、孤独を感じると言う人もいる。

しかし、独り暮らしは必ずしも孤独ではない。

一人の友人は、「つい最近、はじめて自分の部屋を持つことができて、やっと一人で長時間いられるし、自分の快適な場所を探してみることができる。独り暮らしは私にとっては充電」と語った。

もう一人は、小さい時に両親がほとんどそばにおらず、小学校から独り暮らしで、学校でも友達がおらずとても孤独だったという。彼女は、月の光が人形になり、自分に添い寝してくれることまで想像していた。彼女は「ハリーポッター」を読むのが好きで、誰かがある日迎えに来てくれることを夢見ており、そのため戸棚に日用品を用意し、そんな時にはいつでも持っていけるようにしていたという。

彼女は、生きていてもまるで存在しない透明人間のようだった。ところが両親からは独立能力があるとよく褒《ほ》められていたそうである。

私たちは、長期の孤独ではなく、独り暮らしの機会が必要なのである。

現在、多くの武漢の人たちも、おそらく孤独という問題に直面している。

武漢にいる人たちは、ある人は出かけられず、ある人は出かけようとしない。他の都市にいる武漢の人たちも、排斥《はいせき》と差別の問題にさらされている。私たちは、ロックダウンによる、あまりにも多くの感情を表現するための空間と機会を見つけることが難しく、そのことが人々に孤独を感じさせるのである。

朝出かける時、太陽の光が雲間を突き抜け、地面を照らし始めていた。

警備員は私の外出を止めず、何も聞かなかった。自由に出られたことを幸せに思った。

昨日、ある友人から「いま何が足りない?」と聞かれた。考える間もなく口を衝《つ》いて出たのは、「自由」。

ロックダウンの後、町の大通りから喧噪《けんそう》は消え、鳥の鳴き声が聞こえるようになった。

お年寄りが一人、建物の横で太極拳をやっていた。スーパーは入店の人数を制限し始めているので、行列は入口から五、六メートル離れたところから始まり、人と人との間隔を一メートルは空けている。

ある道路の入口に机が置いてある。コミュニティのスタッフが使うのもので、上には体温計と消毒液が置いてあった。そばには八、九人の人。二人は机の後ろに腰掛けている。

　お年寄りが一人、何やらその二人と話している。そのうちの一人はスタッフ専用の赤い帽子をかぶっている。しばらくすると、お年寄りが立ち去った。私が近づいて「どうされましたか?」と聞いてみた。彼女は困った口調で、「連れ合いは病院へ行ってお医者さんに診てもらい、処方箋を書いてもらわないといけないの。肺炎じゃなくて、脳溢血《いっけつ》のほうのね。月に一回は病院に行かないといけないのに、まさかこんなことになろうとは思ってもいなかったわ。もう何日も我慢しているのよ。うちの人は病院まで歩いて行けないのに、コミュニティも車を手配するのを助けてくれないの」と言った。

　彼女のご主人は、処方された薬を飲んでおり、入手するのは難しい。

　前に制服を着た人〔城管をいう〕が五人立っているので、そのお年寄りは彼らに近づいてまた自分の状況を説明するが、制服姿の人は、「それはコミュニティ

スーパーの外で行列して入店を待つ人たち。
入口との間にも適度な距離が保たれている

の人に言わないと」と言うばかりで、彼女はどうすることもできず帰って行った。

その数人の制服姿の男たちは、ここで野菜を売っている人に露店をやめさせるために来たのである。

露天商たちは不満顔で、小声で文句を言っている。彼らにも生活があるので、あえて出てきて商売をしているのである。

実際、彼らが露店を開いている場所は比較的広く、スーパーの密閉された空間と比べても、ウイルスの感染は避けられる。それでも、彼らは追い払われる。

コミュニティの入口や町中の村の入口では、赤い帽子をかぶる人と、「外出をせずにウイルスを防ごう、平穏無事には外出を控えよう」の標語が増えた。これらの標語は見たところ統一した形で印刷されている。この類の宣伝は、とても簡単に統一化して実行される。ある路地の入口で立ち止まって写真を撮ると、小さな腰かけに坐《すわ》っていた赤い帽子の男が警戒してすぐ立ち上がった。

「何をしている？」

「撮影ですけど」。私は少し煩《わずら》わしそうに答えた。

「あんたは記者なのか？」

「いいえ、近所に住んでる者です」

　コミュニティの衛生サービスセンターのドアの外で、防護服を着て、マスクと防護メガネをつけた二人が、一人のお年寄りと何かを話していたが、近寄る勇気はなかった。

　また、途中で新設された二つの隔離観察ポイントを見つけた。その一つの観察ポイントは、二軒の隣りあうホテルの先で、入口にはたくさんの人がいるが、彼らは防護服を脱ぐと、黄色い噴霧器を使って消毒していた。

客が店内に入らないように入口を塞いだミニスーパー

　小さなスーパーの前を通った。入口は空《から》の買い物カゴで塞がれ、客は外で品物を選び、レジ係が入口で精算している。

　中に入ろうとする人が、手に持った紙切れを警備員に見せている。たぶん通行証なのだろう。

　午後、向かい側の電力供給会社のビルから大音響で音楽が流れてきた。食堂などが客を招き入れようとする感じだった。普段なら、どの店も音楽を流しているのでうるさくてたまらなかったが、いまは一か所だけなので、少し珍しいように思えた。

二月十四日

毎日が最後の日かもしれない

外出できるかできないか、このことは、もう私たち自身では決められない。

私は武漢にいるが、幸いなことにまだ外出ができている。多くの場所のコミュニティでは、すでに人の出入りを制限している。

湖北省のある県城にいる友人の話では、彼女のコミュニティでは何日も前から制限が始まっており、昨日、とうとう出入りを完全に禁止するとの通達が来たので、買い物にも行けないという。そこで、昨日の朝、彼女の家族は急いでマスクをして、通行証を持ち食料の買い出しに出かけた。野菜市場では多くの人がいて、奪い合いの状態であった。彼女の家族がじゃがいもを買おうとすると、前にいた男性客が棚にあるすべてのじゃがいもを買い占めしようとした。少し残してくれるように頼みこんで、ほんの少し買うことができた。午後にもう一度出て買い物をしようとしたら、すでにコミュニティからは出られなくなっていたという。

これは武漢のロックダウンの時とまったく同じやり方で、何か事が起きるとその都度通告があるが、住民の生活をどのように保障するかは何も知らされていない。

政府が感染症に対応する時には、ウイルスの制御以外にも、人々の恐怖心をその中に含めて考えるのが正しい対応であろう。ところが実際の状況はこれとは正反対で、ある地方では人々に密告を奨励し始め、コロナウイルスの感染者一人を密告すれば、報奨金一万元を手にすることができ、自主的に病院へ行く感染者も、いくらかの報奨金がもらえる。

人々の政府に対する信頼感、人と人との信頼感がたえず消耗させられていく中で、恐怖と怯えだけが強められていく。ここ数日、周りの管理と統制がますます厳しくなってきており、スーパーへの入店者数もいよいよ制限され、周辺で封鎖された場所は徐々に増加している。さらに多くの隔離区域が現れ始めた。このように多くの人が助けを必要とする時、コミュニティのスタッフや制服姿の人たちは、みな何もしない人になってしまった。私は深い絶望感を感じた。

昨夜の食事はしいたけと肉の炒めもの、お粥。

夕食の後、友人たちとビデオチャット。英語を学んでいる人がおり、その学習経験をみんなで共有し合った。要するに、いつも英語を使い、英語をたくさん聴き、そして英語の文章と番組をよく見ることだった。もちろん、口を使って実際に話してみることもとても大切で、これは私たちが英語を学ぶ中でぶつかる難題である。「一つの外国語を学ぶのは、一つの技術ではなく、一つの文化を学ぶこと」と言う人がいた。

日本のジャーナリストの伊藤詩織さんは、自身がセクハラを受けた体験を『Ｂｌａｃｋ《ブラック》Ｂｏｘ《ボックス》』という本に書き、中国の多くの都市でその体験を話した。そこに参加した友人の一人が、伊藤詩織さんは、日本語を話す時はとても控えめな感じだったが、英語で話した時はとても力強かった、と述べた。

いまはみんな家に引きこもっているので、話題はすぐに「おたく」文化に及んだ。家にこもる人の多くは、自嘲気味に自らを「肥肥《フェイフェイ》」（ぽっちゃり）と呼ぶ。その一部はフルタイムの仕事についているものの、小さなネジ釘のような創造性のない仕事であり、おそらく親が手助けして得た仕事であろう。

「肥肥」たちは、多くの時間をゲームに費やしており、みんな二次元の世界が好きである。ゲームや二次元の文化には、性差別が満ち溢れていて、女性を性の対象として表現するものが多い。

「肥肥」の多くは両親と同居しており、両親がその生活に必要なものを援助することまでしている。これは、社会に対するある種の消極的な抵抗である。階層が固定化され、若者たちは試行錯誤のチャンスが少なく、そこで多くの人は自分の上昇する空間を見ることができないでいる。それは、一種の「努力しても無駄」という絶望だろう。

そうであるとしても、女性は依然として「おたく」のままである。社会はこれまで女性たちに容易に関心を寄せることはなかった。

女性が家で何もしないでいると、結婚を迫られるというプレッシャーはさらに強まり、家にいて家事をしなければ責められることもある。いまは、どんな性別であっても、伝統的な性別の基準で生きることはたやすいことではない。したがって、多くの人が社会的な性別から逃げ出そうとし始めた。男性は家族を養うという、社会に押し付けられた責任を負おうとは思わないし、女性ももはや「良妻賢母」となって家族の世話をしようとは思わなくなっている。

昨夜、マスクをつけずにあちこちを走り回って身を隠す夢を見たという友人がいた。そこで夢について話すことになった。

試験の夢を見た人が多かった。夢の中ではいつも決まって試験勉強の準備をしていなかったり、試験の時に人の答案を盗み写そうとするのだが、それが出来なかったという夢である。

私は時おり中学・高校時代の夢を見る。夢の中の私はいつも試験で焦っている。

試験は結果があり、それを使って私たちがいい学生かどうかが判定される。小さい時からこうしたプレッシャーを背負わされてきた。大学を卒業するれば、おそらくもう二度と試験で自分を証明する必要はなくなるだろうが、それでもふと自分に対して、何らかの基準で自分自身を証明する必要があるだろうかと疑問に思う時がある。ある一回の成績で人の一生を決めるのはとても悲しいことだが、残念ながら私たちの社会はそのようにできている。

私は、私たちの村で最初の大学生だった。大学で学べたことはとても幸運なことだったと思う。

大学に入ってから、社会学の本を読み始め、社会問題に関心を寄せ、活動に参加して、気の合った仲間たちとも知り合った。私の世界は広げられていった。

何人かの友人は、よくトイレの夢を見ると言った。急いでトイレへ行こうとしたら見つからず、本当に急に催《もよお》す場合もあれば、さまざまな心配ごとからである場合もある、と。大勢の前で用を足し、恥ずかしい思いをした夢を見た人もいる。

私もたまに中学校の時のトイレに入る夢を見る。校舎の後ろに建てられていて、陽もよく当たらず、とても薄暗い。それは隣との間に壁のないトイレで、中には排泄用の穴が一列に並んでいるだけで、二、三十個くらいあったろうか、これを一〇〇〇人くらいの生徒が使用する。夏に雨が降った時などには水溜まりができ、トイレに行く人は、飛び石のように置かれたレンガを踏んで入らなければならない。しかも、夏には蛆《うじ》が大量に発生するので、それも踏んでいかなければならなかった。

本当に汚なくて、逃げ出したい場所だった。

今日は八時頃から雨が降り出し、雨音が大きかったので、目が覚めた。窓を開けると、そよ風が吹き通った。少しも寒くはなく、むしろ爽やかな感じだった。

いつの間にか、天気が変った。

窓に寄りかかって、しばらく佇《たたず》んでいた。建物の下では誰かが車を運転して出かけた。通りに人は少ない。

考えていたのは、今日は出かけようかどうか、ということ。

毎日の外出はもはや必須ではないが、特に計画もないので、いつもとっさの判断で決めている。

毎日、これが最後の外出かもしれないと思う。しかし私が心配しているのは、今後、もし本当に外に出かけられなくなったら、きっと後悔するだろうということであった。

でも、今日という日はもっと重要。

私にはしなければならない仕事はたくさんあるが、どれもそれほど緊急ではない。このような状況の中で、自分が仕事を後回しにする人間になるとは思いもよらなかった。

結局、外出はしなかった。細々《こまごま》とした仕事から始めたら、ゆっくりと心が落ち着いてきた。

二月十五日

魔幻の都市

現実の摩訶《まか》不思議さは、いつも想像を超える。

朝、一篇の記事を見た。「大量のマスクを購入、出荷元は武漢市総工会〔労働組合〕漢南工人〔労働者〕文化宮」と題されていた。記事には、各地でマスクが品不足になってから、一部の人たちが共同購入のグループを作り、マスクの買い入れルートを探してきたことが書かれていた。

そしてある微商《ウエイシャン》[2]の話では、河南省の工場から輸出される日本のマスクを注文したら、マスクの発送後、物資の流れとしては武漢から発送と明示されており、箱には「救援物資」と書いてあったという。この微信《ウエイシン》の記事はたちまち削除されたが、告発した微博《ウエイボー》にはまだ残っており、そのコメント欄には、自分の友人が購入した一万枚のマスクも武漢からの発送だったとの書き込みがあった。

午後、武漢開発区が微博でデマだと打ち消した。その言い分によると、差出人は仮名《かめい》を使っており、武漢市総工会漢南工人文化宮とは無関係である。送ったマスクは武漢華世達防護用品有限公司が生産したもので、支援物資ではない。武漢華世達防護用品有限公司の住所は、漢南紗帽微湖路五一一号、元の「漢南文化センター」の近くにある。配達員が品物を受領した際、受領地点を「武漢華世達防護用品有限公司付近」としたが、高徳《ガオドォ》地図[3]のデジタル地図の指し示す差出人表示は「武漢市総工会漢南工人文化宮」となっていた。配達員はこのことは事実であるとしている、とのことであった。

しかし、箱の上になぜ「救援物資」という文字が書いてあったのかということは説明できていない。しかも、私が二月二日に順豊《シュンフォン》〔前出〕に問い合わせたところ、配達員からは、武漢から外地への物資の発送は出来ないとの返事だった。

モーメンツには、数日前から広く拡散されている「ロレックスの家路」という風刺動画があった。

ある企業家が、マスクを一〇万枚購入して支援物資としたが、箱を閉じる際にうっかりロレックスの腕時計を箱の中へ落してしまった。マスクが物資の仕分け場所に運ばれた時、

2　「微商」（Weishang）は「微信」の機能を活用して販売や宣伝を行うデジタルビジネス、またそれを行う人や店のこと。マイクロビジネスとも言う。

3　デジタル地図アプリによって位置情報から行先案内、所要時間、交通情報、タクシーの手配、飲食店、ホテルの案内など多種のサービスを提供している。二〇一九年にはアプリ利用者が三・四六億人となり、中国国内でのシェアはナンバーワンといわれている。データの正確性も高く、ルート検索スピードも速いことから、中国ではこのアプリをカーナビとして利用する人も多い。

指導者が自分の負債の代わりとして持って帰り、男性専門の病院の院長に贈った。やがて、病院でマスクを買い取る者がおり、これを微商に転売した。あろうことか、何度か人手を渡っているうちに、そのマスクは再び企業家に買い取られ、箱を開けると、紛失した自分のロレックスを発見した。つまり、転売される途中、みな価格を偽って金儲けをしたのである。動画の終わりに、次のような字幕が映し出されている。

この物語は完全なフィクションであり、もし同様のことが起これば光栄至極です。

昨日の夕食はキャベツと肉の炒めもの、お粥。

夜は友人たちとビデオチャット。何人かが最近早寝を始めたと言い、早寝早起きの人と、早寝だが遅く起きる人がいた。「身体が現実のプレッシャーとトラウマを避けている」と言う友人もいた。

妹との関係を話す友人がいた。その妹は、小さい時から彼女と比べるのが好きで、勉強の成績、交友関係などあらゆる面で比較しようとする。結果が気に入らなければ、すぐに友達と喧嘩したり、感情的に相手を懲《こ》らしめたりした。人は通常、自分が大事にしようとするものに出会う前は、つい他人と比較したくなり、人にあって自分にない場合、劣等感、嫉妬、不公平を感じたりする。比較は社会的なものであって、私たちは幼い時からいつも比較されている。成績の良し悪し、優れた特長の有無、家庭背景などである。

小さい頃から服を買うのが嫌いな友人がいた。これを聞いて多くの人が同感だとした。服を買えばよく品評される。両親、友達、店員など、誰かが常に、ここが太った、そこが丸くなったと言い、気分のいいものではない。

私と友人たちはいまのところ、ある程度は女性に対して主流となっている社会の束縛を抜け出している。主流の価値観に合わせていた頃の話をした時、当時の写真を見せあった。写真では全員が長い髪だった。その当時はみんなハイヒールを履《は》いており、九センチのヒールを履いたと言う人もいた。「主流の価値観に合わせていた頃は、みんな何の特徴もなかったけど、いまはもっと個性的になったわ」と、ある友人が言った。

数人の友人は、大学を卒業した後に髪を伸ばすようになった。中学、高校の時は短い髪で時間も節約できたし、勉強にも役立った。学校でも生徒の服装や髪型、ズボンに規定があり、スカートは膝《ひざ》下まででなければならず、髪を染めてはいけなかった。高校では、くせ毛の女友達が先生に疑われて、髪を真っすぐ伸ばすように強く言われた。

話題は化粧になった。何人かが薄化粧を試みたことがあった。いい女は、薄化粧をして、清純に見せる。「厚化粧には勇気が要る。自信がついたら厚化粧に挑戦しよう」という意見もあった。

昨夜十時頃、窓の外でゴロゴロという雷の音が聞こえた。窓を開けると、風がびゅうびゅうと音を立て、雨も激しく降り出した。私の部屋の窓の外には日除けの庇《ひさし》がついているが、それでも雨は激しく窓を打った。小さい頃は雨が好きだった。雨が降れば田畑に出て仕事をしなくてもよいので、暖かい布団にくるまって寝ているか、遊んでいることができた。

この時の暴風雨は、何かの啓示だろうか、地球が人類に発した新たな啓示のようであった。

「新型コロナウイルス、地震、鳥インフルエンザ、寒波、バッタの大群、この連続する災難は、地球からの人類への攻撃のようだ」と、友人が言った。

ベッドに横たわっていた。外の猛烈な雨音は工事現場の仮設の囲いに当たる音、それに窓を打つ音が入り混じっていた。

暴風雨のような力が欲しいと思った。

昨夜の雨音で遅くまで寝つけず、今日は九時過ぎになってやっと目が覚めた。起きた時にはまだ雨が降っており、変わらぬ激しさだった。工事現場の臨時の囲いは、ところどころ風で吹き飛ばされていた。

窓には水蒸気がたまり、外が見えない。こういう日は部屋にいるのが何より心地よい。

午後、部屋の外側に雨漏りがあり、室内にも浸み込んできているのを見つけた。ちょうどコンセントのある場所である。この時、私はそのコンセントを使っていた。

ビデオチャットの友人たちに状況を説明すると、ある友人が「そのコンセントのブレーカーを探してみて、小型の家電で試したほうがいい」と教えてくれた。早速実行した。まもなくその友人から電話が入った。試しているコンセントで感電死しないかを心配してくれていた。

ブレーカーには三つのスイッチがあり、一つは居室と浴室、一つはエアコン、一つは台所のコンセント用だった。居室と浴室用のスイッチを切ると、明かりが消えた。幸い前の居住者が古い卓上スタンドを残してくれていたので、これが部屋唯一の照明器具となった。

部屋の貸主に雨漏りの報告をしたら、管理会社に連絡するように言われた。しかし、それほど緊急ではないし、いまは管理会社もきっと取り合ってくれないだろうと思った。

午後、雪が降った。

私は北方出身だが、ここ数年は南方にいるので雪を見ることはめったになかった。雪景色を見ようと一階へ降りると、管理会社のドアは閉まっており、誰もいないと思って、警備室に状況を聞きに行った。

コミュニティの出入口まで来ると、私が口を開く前に、警備員に遮《さえぎ》られた。「いまは病院に行く人か出勤する人だけが外に出られる。管理会社に行って外出証明を発行してもらいなさい」。私は心配して聞いた。「それじゃあ、食料の買い出しはどうするの？」

「それはできるが、証明書が必要だ」

「いつから外出できなくなったの？」

「今日から。市のほうから通達があった」

そこで管理会社に引き返してドアを叩《たた》くと、人がいてドアが開いた。中に三人のスタッフがいた。

部屋の雨漏りを報告すると、そのうちの一人は、自分たちの管理ではないため、貸主に修理してもらってくださいと言う。この時、二人のお年寄りが、私が住んでいる棟から出てきた。スタッフにこれから隔離されに行くことを告げ、疑似感染だと言った。管理会社のスタッフの一人が、すぐに二人をコミュニティの外に連れ出した。

私は内心ドキッとした。

その時は管理会社のスタッフと外出の件で交渉していたので、このお年寄りのことは尋ねなかった。

「買い物に出るための証明書はどうしたらいいの？」

「三日に一回です」

「いま降りてきたところで、このマスクももう使ってしまったから、買い物に出してもらえない？」

「その理由ではだめです」

仕方なく引き返し、部屋に戻った。

コミュニティのサービスセンターのスタッフと話し合っている人たち

第七章

許可されて
ようやく外出できる身となる

二月十六日

住民臨時通行証

ついていないとは、どういうことだろう？

私は二〇一九年十一月に武漢に引っ越してきたが、十二月には新型コロナウイルスが出現し、一月にはウイルスが広範囲に拡散した。

この二日間は大雨で、部屋は雨漏り。十二月に「閑魚《シェンユー》」[1]で電子鍋と炒め物料理用の鍋を買ったのだが、電子鍋のスイッチがおかしくなり、何度も押してやっと反応し、炒め物用の鍋は持ち手のネジが一つなくなってしまった。モップ絞り器の水を絞る部分の取っ手のネジも、トイレの中に落としてしまった。


私はとても運が悪いのかもしれない。でも、きっと最も不運ではない。

ついていなかったら、どうすればいいのだろう？　特別な人物でもない普通の人間は、自分で処理するしかない。


何昊《かこう》は運が悪かったのだろうか？　彼は十四日、微博《ウェイボー》にこう書いた。

これまで、父が大きな力を持っているとは思ったことがなかった。父はずっと役人をしているのに、僕は少しもその恩恵に浴したことはなかった。

今回の疫病で全省が道路を封鎖する中、父の関係で車を出してもらって、天門《てんもん》から荊州《けいしゅう》に連れ戻してもらえた。

天門は一度は新型コロナウイルスによる肺炎の死亡率が最も高くなった都市で、天門に閉じ込められるのは運が悪く、離れたいと思うのは当然である。しかし、この状況の中で離れることができる人はごく少数である。何昊は以前、微博で二〇一九年の支払い明細を公開していた。総支出は二八六万元、そのうち住居生活費は二一二万元、服飾費は三二万元だった。

二月十五日、何昊はお詫びの声明文を発表した。それによると、彼の父親は荊州市政府の商務部門の科長である何炎仿《かえんほう》であり、天門から彼を車で家に連れ帰らせる権限はない。今回はただ、自分の友人の伝《つて》を頼り、天門で生活物資を運送した帰りの車に連絡して、息

1　アリババグループ傘下のスマートフォンユーザー向けのフリーマーケットアプリ。主に個人間による物品の売買を主とし、出品物は中古品が中心である。登録や支払い方法も簡単なため、若者を中心に利用者が多い。「閑魚」は「閑余」と発音が同じで、「余って使わないもの」の意。

子を連れ帰ったのだという。何昊自身は、広州でアパレル関係の自営業者をしており、公開された支付宝《ジーフーバオ》〔Alipay〕[2]の年度明細は彼の経営上の支出で、父親からもらった金ではない。それを公開したのは、自分の業績を誇示しようとしたからだ、という弁明であった。

何昊は運が悪い。本来はただ虚栄心から自分をひけらかそうとしただけだったのに、真面目なフォロワーに出くわしてしまった。それでも、彼は特権を使ってそれなりの利益を得た。この体面を取りつくろった謝罪はいったい誰に対してのもので、いったい何の役に立ったのだろう。

昨日の夕食はにんにくの芽と肉の炒めもの、お粥。

昨夜は部屋に一つの卓上スタンドしかなかったので、半分暗闇の中で友人たちとビデオチャットをした。ある人は、ここ数日まったく食欲がなかったが、後で自分の作る料理がとてもまずいからだとわかった、と言う。またある人は、「ロックダウンからまだひと月もたっていないけど、もう半年たった感じ」と。

カップルの片方が、別れた以前の恋人に振るう暴力は、自分たちと関係があるかどうかということが話題になった。

まず、以前の恋人かどうかに関わらず、付き合った相手に別れてからも暴力を振るうことに、私たちは見て見ぬふりはできず、暴力を阻止し、謝罪などの処罰を求めるのに少しでも力を尽くすべきである。暴力を振るう人の多くは、いずれも特定の個人に対してだけ暴力を振るうのであり、こういう人は簡単に自分の行動パターンを変えられない。

二〇一八年十一月、芸能人の蔣勁《しょうけい》夫《ふ》は、日本人のガールフレンドに対するＤＶによって拘束された。

二〇一九年十一月、蔣勁夫の新しいガールフレンドがＤＶを受けたと語り、蔣勁夫とともに過ごした日々は、まるで監獄のようだったと言った。

したがって、伴侶がもし以前の行為に対して少しも謝罪する気持ちがなければ、おそらくあなたが次の被害者となるでしょう。

私は外出制限を心配していたが、次には恐怖感に襲われた。

友人たちとのビデオチャットの時、別にお腹がすいていたわけではなかったのに、何か口に入れるものが欲しくなった。でも、食べるものがいずれなくなるかもしれないので、スナックのビーフジャーキーを少しだけ口に入れ、たくさん食べようとはしなかった。

寝る前にとりとめのないことを考え始めた。もし管理会社が外に出るのを許さなかった

2　アリババ・グループのモバイル決済サービス。

ら、暴風雨で壊された仮設の囲いの隙間《すきま》からこっそり出られる。ただ、コミュニティを抜け出して見つかったらどのような罰を受けるかわからず、たとえその規則が不合理であったとしても、いまの自分には規則破りの代償が払えないことを心配した。

外出できるかどうかの気がかりが夢にも現れた。夢の中では、知らない人とどこかに閉じ込められていた。そこには出口がいくつもあって、私たちは外に出られないドアだと知ると、また次のドアを開け、出られるかどうか試している。

今日は陽の光も美しく、外の路面はほぼ乾き、暴風雨の痕《あと》はあまりないようだ。建物の下では二人の清掃作業員が掃除をしており、犬の散歩をする人もいる。

「餓了麼《ウーラマ》」〔前出〕のアプリを開いたら、すべてのスーパーの接続画面はみな「臨時休業中、日を改めてのご来店を」という表示だった。

昨日はコミュニティを出たいと言った時に断られたので、今日、証明書を手に入れることができるかどうかはわからなかったが、ひとまずは試すつもりで管理会社に行ってみることにした。食料の買い出しに行きたいと言ったら、すぐに「住民臨時通行証」を出してくれた。通行証は大量に印刷されたようで、上には住所と出入りの日付が書いてあり、一番早い日付が二月十二日となっている。

臨時通行証には次のような注意書きがあった。

一、一家庭につき通行証は一枚です。大切に保管してください。
二、一家庭につき三日間で一人の外出が認められます。
三、この通行証でコミュニティを出入りすることができます。

私は、許可されてようやく外出できる身となった。

コミュニティを出ようとすると、警備員が私を止める。臨時通行証は見ずに、写真を撮られた。

私には拒否する権利はないようだったので、なぜ写真撮影をするのかを聞くことさえ忘れていた。外出したい一心だった。

警備員は噛んで含めるように言う、「一度でたくさん買うようにね」と。

コミュニティを出た瞬間に、私はすぐさまとても軽い気持ちになった。

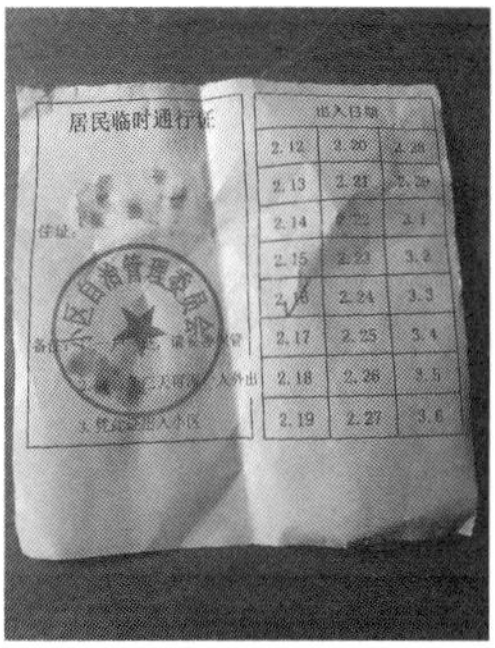

臨時通行証
（一部、加工を施してある）

外では、犬が三匹、道路の中央で日向ぼっこをしている。
青い囲いで遮《さえぎ》られた路地があった。囲いの外側には、さらに黄色い柵と一台のシェア自転車が立てかけてあった。青い囲いの上に「武昌区住民区域封鎖式管理実施に関する公告」の張り紙が貼られている。内容は八か条であった。

一．コミュニティの封鎖管理を厳格に実施する。
二．集団的活動を厳格に禁止する。
三．武漢に帰って来た人を厳格に管理する。
四．公共の場所を厳格に管理する。
五．在宅観察を厳格に管理する。
六．情報の公開を厳格に行う。
七．コミュニティの環境整備と賃貸物件を厳格に管理する。
八．法規の執行を厳格にする。

第七条には、さらに「賃貸物件の管理責任を確実に行い、賃借人への管理を強める。異常な状況があれば、すみやかに報告すること。もし疫病が発生して報告が遅くなった場合、法規により賃借人あるいは賃借法人の法的責任を追及する」とあった。

これは、貸主に借りる人を監督管理させるということだろうか？

通常、部屋を借りる人はみな成人のはずである。もし肺炎に感染したとしても、自分で責任を取るだろう。ほとんどの場合、賃借人と貸主は一緒に住んでいないのに、どうやって監督管理するというのだろうか？　貸主に賃借人を追い出させるということだろうか。

この時、青い囲いを少し押しのけて、中から人が出てきた。

路地や通りが封鎖された場所は一か所にとどまらない。臨時の囲いをすり抜けて、コミュニティを抜け出そうと考えたのは幼稚すぎたようだ。

厳重に封鎖された街区の入口

スーパーに向かう途中、コミュニティの作業員が告示を貼る作業をしていた。一人が貼った後、もう一人が撮影して記録していた。

スーパーの入口に一〇人余りが並んでいるが、みんなとても自覚的で、一人が出ると一人が入るという流れである。そんな時、一人の人が行列を無視して店内に入っていった。並んでいる人たちはそれを見て怒り、「こんな恥知らずは見たこともない」と罵《ののし》る人もいた。割り込んだ人は怒りと罵声に振り向きもしなかったので、どんな人だったかはわからなかった。

スーパーの中には二〇人余りの人がいた。入口付近の果物の棚は以前より少ない。野菜類はとてもよく揃っている。冷凍食品の保冷ケースは空である。ヨーグルトの棚もほとんど空で、スパム[3]の缶詰やソーセージの類はなくなっていたが、今日は肉の棚に肉があった。

今日の気持ちは、ロックダウンの初日に少し似ている。生存に対する心配である。現在は、三日に一度の外出、明日になると五日に一度となり、さらに十日に一度、一か月に一度にならないだろうか。

お米五キロ、乾麺二袋、そして一週間分の野菜を買った。

スーパーを出ると、さっき乗ってきたシェア自転車に鍵をかけ忘れたことにようやく気づいたが、もう誰かに乗っていかれてしまっていた。アカウントは一度に二台は使えないので、仕方なく十数キロもの荷物を自分で提げて歩いて帰った。

道を歩きながら、『侍女の物語』（The Handmaid's Tale）[4]を思った。それはマーガレット・アトウッド（Margaret Atwood）のディストピア小説で、脚色されて同名のＴＶドラマにもなっている。私はドラマのほうしか見ていない。ドラマでは極端な宗教勢力がアメリカの国土の一部を占領してギレアデ共和国を建国し、武力で国家を管理する。この国の中では誰もが特定の職責を持っているが、多くの人たちにとってその職責は強制的に引き受けさせられたものである。ドラマの中で、女性は初めに銀行のカードを停止され、やがて会社から解雇される。妊娠能力のある女性は侍女にされ、毎月、主教と「受精儀式」を行うことを求められて、主教の家庭のために子供を産むが、子供が生まれた後は、侍女は何の関係もない存在となる。

　ロックダウンからコミュニティの封鎖まで、私たちの活動はますます厳しく管理され、世界に対する私たち自らの掌握《しょうあく》感も、徐々に剥奪《はくだつ》されていく。

　私の次の外出は、二月十九日。

3　アメリカのホーメル・フーズ・コーポレーションが販売するランチョンミートの缶詰（食肉のソーセージミート）。

4　ドラマは二〇一七年からＨｕｌｕにより製作・配信されており、現在は第三集まで配信されている。小説の日本語版は一九九〇年に新潮社から、二〇〇一年に早川書房から文庫版が出版されている。

フォロワーからのメッセージ

● こちら重慶でも、ほとんどのコミュニティが外出制限をしています。数日にわずか一回です。

● あなた方のところと比べ、私の住んでいるところの疫病の広がりは軽いほうです。すべてはまだ自由と言えます。疫病が早く終息し、生活が正常に戻れるように祈っています。

● 私の通行証はあなたのものとほぼ同じですが、後にデジタル式に変わりました。遠く離れた東北地区にいますが、私たちはしっかりつながっています。

二月十七日

世界の一部が消えた

食料をどれくらい備蓄したら足りるのだろう？

友達にいまどのくらいのお米があるのか聞かれ、十数キロと答えた。それでは一か月しかもたないから、もっと備蓄しておくようにと言われた。彼女が正しいことはわかっている。しかし、止めどなく物を蓄えていく状態は、私には受け入れがたい。それは堕落だと思う。

彼女はさらに「でも充分な食料がなかったら、いまは誰もあなたを助けられないよ」と、心配そうに言う。

人は、極端な状況下では食料を大量に備蓄しようとするものだが、私はまだ自分の境遇を否定しようとしていた。

コミュニティを封鎖するのは、疫病を防御するためだと言う人がいるが、私はそれよりも人を制御しているように思われる。

ロックダウンの後、外出する人はもともと少なかった。しかもみんな防護措置を取り、人の密集する場所もできるだけ避けてきた。このような状況では、ウイルスの感染率はとても低いと言える。私もまったく可能性がないと言うつもりはなく、また絶対に保証できる人もいない。私自身が外出する時もやはり心配は抱えている。だが、感染の可能性は、コミュニティを封鎖するほど大きなものなのだろうか？　コミュニティの封鎖は、住民の恐怖心と無力感を強めている。

　コミュニティが封鎖された後には、家を出て周囲の状況を知ることを通して取り戻した自らの生活や人生をしっかりと掌握しているという感覚が、再び奪われてしまった。むろん、コミュニティの封鎖が必要だと感じる人はいるだろう。もしも私が不幸にして肺炎に感染したら、こうした人たちは拍手喝采さえするかもしれない。

　昨日の夕食はキャベツと肉の炒めもの、お粥。

ネジの取れた炒め物用の鍋はとうとう支えられなくなり、取っ手全体が取れてしまった。幸い前の住人が鍋を残してくれていたのだが、やや材料に火が通りすぎて焦げつく。

　夜は友人たちとビデオチャット。夫妻肺片《フーチーフェイピエン》[5]を食べている人がいて、全員にうらやましがられた。辛い物が大好きな友人もいるが、いまの彼女は夢の中でしか麻辣湯《マーラータン》[6]を食べることができなくなってしまった。ある友人は自室でテレワークを始めたが、月曜日から金曜日までそこで五日間働かなければならないという。

ロックダウン以来、私には「今日が何曜日か」という観念はなくなり、あるのは「今日」と「明日」だけになってしまった。

湖北省のある県城〔前出〕に住む友人の話では、彼女のところはもう完全に外出禁止という戒厳状態で、親戚が転送してきた動画では、ある人は家を出て外で洗濯物を干しただけで連行されていたという。ネットでも、河北、上海、湖北などの地でマージャンをしていた人が逮捕されたとか、ある人は行政拘留、ある人は罰金を取られ、また反省文を書かされたり、さらにはテレビで自分が書いた誓約書を読まされたという人たちの記事が出ていた。

ある友人は、恒大《こうだい》房産〔中国を代表する不動産会社〕が、特別な優待通知を出していて、二月十八日から二月二十九日までの期間に全国各地で不動産を購入すれば、二五パーセント割引きの優待をする、と言っていた。確かに大きな優待だが、買う余裕がない人は依然として買うことができない。

5　四川料理としてよく知られる、牛の内臓を香辛料を用いて煮込んだ冷菜。
6　四川料理の辛いスープ料理。さまざまな野菜・魚・肉などを花山椒、唐辛子などの香辛料とともに煮込んである。

いまは全国の高速道路がすべて無料になっているが、果たしてどれだけの人が車で高速道路を走れるのだろうか。

金持ちは家を買って資産価値を高めるが、普通の人はお米を買って命をつなぐだけである。

ほんの少し安くなったとしても、普通の人はその恩恵を受けることができない。

夜、コンタクトレンズが壊れる夢を見た。疫病の流行する中で、新しいものは作れないため、大したことではないのに夢の中では号泣していた。

いまのコンタクトはもうすぐ使って半年近くになる。最初はよく眼をこすっては、たえず涙を流していたが、いまではすっかり慣れた。

今日は朝七時過ぎに目が覚めた。そのまま頭上の天井板を眺めていたら、突然電灯のカバーに「喜羊羊《シーヤンヤン》」[7]が貼ってあるのに気づいた。普段はベッドで横になっても天井を眺めることはないので、いままでまったく注意していなかった。びっくりしてすぐさまベッドから飛び起きた。

ロックダウンの後、何となく周りの環境に注意を払うようになった。以前ならありえなかったが、そうなったのは、世界の一部が消えてしまったからである。

私には色々な感情がある。憤《いきどお》り、悲しみ、無力感……しかし、これらはみな麻痺《まひ》してしまった。

ロックダウンの日に小麦粉を買った。暇《ひま》な時に卵入りの煎蛋餅《ジェンタンビン》〔チヂミの類〕でも作ろうと思っていたが、今日までそういう気持ちになったことはない。

買ったサツマイモも一回しか食べていなかったので、お粥を作る時に一個入れた。

今日も相変わらずいい陽射しで、少し眩《まぶ》しいくらい。空は透き通るほど青い。

惜しいのは、私の部屋が北向きなため、陽が当たらないこと。そこで、朝食を済ませると一階に降りて、コミュニティの中庭で陽に当たろうとした。

私の住んでいるコミュニティは合わせて三棟ある。私の部屋がある建物は一〇階建てで、他の二棟は七階建て。ここには合計二〇〇戸余りの住民が住んでいる。いまはコミュニティの外には出られず、敷地内しか歩けないので、運動量はとても限られる。そこで七階

7　中国の子供向けテレビアニメ『喜羊羊と灰太狼《ホイタイラン》』の子羊のキャラクター。喜びが満ち溢れているという意がある。

に住む私は階段で上り下りするようにし始めた。

コミュニティの敷地はとても狭く、陽が当たる場所も少ない。二つの建物のあいだにある五〇メートルくらいの場所で歩き回っている。中年の男性も一人散歩していた。彼は携帯から芝居〔中国オペラ〕の歌曲を流していたが、私はイヤホンをつけて音楽を聴いていた。

ロックダウン以来、センチメンタルな音楽は聴いていない。

私たちは、とうとう居住監視〔在宅監視〕に指定された。居住監視は、通常は犯罪の容疑者に対して行われるものであるが、いまは多くの人がこの待遇を「享受《きょうじゅ》」している。

今日、住民がいつも出入りするコミュニティの入口も、青い囲いでふさがれた。コミュニティのグループチャットでは注意を呼び掛けるメッセージが送られてきた。「話を聞かず勝手に逃げ出す者は、集まって体育館に行き十四日間の学習。一日の食事代五〇元、自費」。

コミュニティのグループチャットでは、さまざまなグループでの共同購入が始まった。野菜を買うにも肉を買うにも、共同購入は一定の分量にならなければ配達してもらえない。

私は昨日コミュニティのグループチャットに加入したばかりで、たまたま人の注文に従って同じものを注文した。[8]それでも最初はかなり抵抗があった。ロックダウンになる前の買い物は、すべてネットでの注文だったのに、いまでは逆に自分で食料を買いに行きたくてたまらない。けれど、今日はついにグループチャットの中で、人の後について共同購入の注文をした。

午後五時頃、誰かがドアをノックする音が聞こえ、一瞬緊張した。ドア越しに「どなたですか？」と尋ねた。

「コミュニティの者です。ドアは開けなくても結構です。ご家族は何人ですか？」

「一人です」

「体温は正常ですか？」

「正常です」

「ドアにコミュニティの電話番号を貼っておきますので、何かあったらお電話ください」

8　原注：オークションサイト等で購入の意思を示す形式に似ており、共同購入〔中国語では団購という〕の発起人が買いたい品物を〔成員のグループチャットに〕掲示すると、それに続いてグループチャットの人たちが、自分の買いたいものとその数量を書き込む。

彼らが帰って一時間後、私はドアを開けて、張り紙を外そうとしたが、しっかりくっついていたので、写真を撮った。ドアに貼られたのは、「新型コロナウイルス肺炎戸別立入調査表」で、そこには居住する家族の人数、健康状態、コミュニティへの連絡方法が書いてあった。

調査表はプリンターに問題があったようで、ところどころ薄くなっていた。それでも大体の内容が読み取れた。

部屋に戻って手を洗った。

フォロワーからのメッセージ

- 実のところ、武漢の人は最悪の結果をとっくに想定していました。ただ受け入れたくないのだとは思うのですが、頑張って日々良くなるようにと考えています。
- 同病相憐《あいあわ》れむ！　解き放ちようのない抑圧感……。
- あなたのところは大都会だから、最近になってコミュニティの封鎖が始まったのでしょう。私たちのところでは、とっくに通行証を使っていて、各戸一人だけが出入りでき、開放時間は朝の六時から夜の八時までです。

二月十八日

選択のない選択

ここ数日、沼地でもがきながら前進しているところを、さらに背後からナイフで突き刺されるような感覚がある。

ロックダウンでも充分最悪なのに、続いてコミュニティの封鎖があり、三日に一度の外出から外出不可となった。

私にはこうした措置に反対する権利はないし、それが必要かどうかも重要ではない。どうせ疫病の流行が過ぎ去りさえすれば、これらは有効な措置だったということになる。

いま、人々は集団化させられざるを得ず、個人は消失した。

今朝、コミュニティのグループチャットに、ある文書が上げられていた。タイトルは「コミュニティ封鎖管理期間における住民の基本生活物資保障措置について」。そこには、営業中の大型スーパーはグループでの共同購入業務しか受け付けないと書いてあった。その共同購入も一定の分量に達しないと配達できず、通常は三〇ユニットが必要とのことである。私が入っているコミュニティのグループチャットは、昨日の時点で七〇人余りしかいなかったので、人数が少ないために共同購入ができないことを心配する人がいた。

グループでの購入はみんなの一般的な需要を満たすだけで、個人の特別な要求は考慮されない。コミュニティのグループチャットに野菜の配達情報を発信する人がいた。二つのセットメニューがあった。


〔Aセット〕五〇元。冬瓜《とうがん》、セロリ、ミニ白菜、ステムレタス、じゃがいも、合計五種類の新鮮野菜。重さ約六・五キロ。

〔Bセット〕八八元。エンドウマメ、トウモロコシ、にんじん、サツマイモ、ナス、青唐辛子、合計六種類の新鮮野菜。重さ約六・五キロ。


これは強制的なセットで、すべての人の好みを考慮してはいない。

私は、Aセットの中でミニ白菜はいらないが、Bセットではエンドウマメが嫌い。一見すると選択肢が二つあるようだが、実際は選びようはなく、他の人が選べば、私はそれに従ってそれと同じにしないといけない。しかも、どちらにも調味料は付いていない。私は唐辛子がないと食事を楽しめないが、幸い自分で唐辛子味噌を数本買いだめしてあった。そうでなければ食事が苦痛になってしまう。

食料の他にも、人々には日常的に必要なものがあり、歯みがき粉を切らした人もいるだろうし、トイレットペーパーを買いたい人もいるだろう。

以前、私にコミュニティのグループチャットに入っていないのかと尋ねる人がいて、あるコミュニティでは買い物を手伝ってくれますよと勧めてくれた。その時は、他に助けを必要としている人も多く、私はまだ自分で自分の面倒を見られますと答えた。しかし、いまの私は、追い込まれて人から助けられることになった。

昨夜の食事はステムレタスと肉の炒めもの、お粥。

この二日、手に赤い湿疹ができている。いままではお皿を洗う時に手袋をつけていなかったが、昨日から使い始めた。

夕食後、特別なインタビューを受けた。取材したのは友人の娘さん。

友人と微信《ウェイシン》の音声通話でつなぐと、友人の娘さんは真面目に自己紹介をした。「私は子供記者の黄○○です。新型コロナウイルスに関する取材を始めます」と話し出した。私もそれを聞いてすぐに真面目になって「郭晶です。いま武漢にいます」と応じた。すると彼女は厳粛な口調で、「それならあなたは私の取材の希望にぴったりです」と言い、「あなたは新型コロナウイルスについてどのように考えていますか？」と聞いてきた。どう答えたらいいか少し呆然としたが、思ったことをそのまま「これは大きな問題です。具体的に言うと、目に見えないウイルスで、伝染性があります」と答えた。彼女がウイルスが私の生活に及ぼす影響について質問したので、私も彼女に質問してみた。「私も外出したくありません。一度、お父さんとお母さんと遊びに出かけましたが、お家に帰ったらマスクの中は汗でびっしょりでした」と言った。

インタビューが終わった後はビデオ通話に切り替えた。「子供記者」は、友人のお姉さんの旦那さんに描いてあげたヘルメットの絵と、彼女とお父さんとの仲直りの証明書をとても熱心に見せてくれた。彼女は現在オンラインでの授業を始めている。

こんなに元気いっぱいの子を家に閉じ込めることも、いじめだと思った。

多くの人が外に出ることができず、もし家の中に動き回るスペースがなかったら、悲惨なことである。

夜は友人たちとビデオチャット。占いをしてもらった人がいた。彼女は元手は何もなかったが、ゼロから事業を起こした人である。占いでは二〇二〇年と二〇二一年は運が良くないが、二〇二二年には好転するだろうというものであった。それは騙《だま》し、**すべての人が二〇二〇年は運が悪い、**と私は言った。

ある人は、いま一番したいのは火鍋《ひなべ》を食べて、その後でカラオケを歌うことだ、と言う。

いいニュースがあった。ある友人がいる県城では公告が出され、県城の管制レベルが下がったため、県城の中では管制が緩められ、人々はいつも通りの出入りが許されたという。

不倫について議論した。ある人は思い切って別れる勇気がなく、次の新しい相手を探しあてて安心感を得てから、古い相手と離れようとする。人は別れる時には、いろいろな思惑があるようで、北京での独り暮らしはコストが高すぎるからと言う人もいた。

不倫の後ろめたさは、相手との間に関わりのある問題がいくつも生まれるが、お互いがうまくいかないことが生み出す後ろめたさのほうがより強いようで、片方が自分をよくコントロールできる場合、かえって和解ができないほどの言い争いが生まれるものの、後ろめたさも少なくなる。

しばらく関係を続けていた時、偶然知り会った人と性的関係をもった人もいた。そういう時、彼女はものを盗まれ暴力を振るわれるのが心配だったという。

恋愛や婚姻関係の上での不倫は、極めて厳重な契約違反と見なされているが、女性の不倫はより不道徳だとされ、厳しい社会的な攻撃に晒《さら》される。

甘粛省の女性看護師たちが、坊主頭にされたことに話が及んだ。

記念写真の中にいる唯一の短い髪は男性で、多くの女性たちは髪を剃られる時に不承不《ふしょうぶ》承《しょう》で泣き出す人もいた。

髪は外見の問題だけでなく、尊厳である。

果たして坊主頭にする必要があったのだろうか？　同意はあったのだろうか？　女性の身体は、これまで真の意味で自分自身に属したことがなく、常に女性自身よりも強い権力を持つ者が女性の身体を扱ってきた。

友人の一人は、彼女が中学校の時、学校で強制的に短髪にされ、家に帰って悲しくて泣いたという。

去年、貴州省のある中学校の男性教員がバケツいっぱいの水を持ってきて、女子生徒を並ばせ、彼女たちに化粧を落とさせたということもあった。

化粧品会社は女性の消費を促すためにも、女性に化粧をすることを勧めている。化粧は、成熟した女性を示す記号となった。

誰かが噂のような街角の情報を流した。「明日から厳重取り締り段階に入る。その期間中、すべてのスーパー、薬局、宅配サイトを停止し、いままでの車両通行証もみな廃止とする。すべての人は、任務に就く者以外全員街頭に出ることは厳禁とする。私たちはおそらく食材や薬の配達が出来なくなるだろう」。近頃は、街角の情報が情報取得の重要な発信源となった。

街角情報を流すことは、封鎖中における人々の互助行為である。グループによる共同購入の多くはスマートフォンで操作するが、スマートフォンを持たないお年寄りたちは、どうすればいいのだろう？

特殊な後ろめたさについて話をしたい。それは生きていることの後ろめたさである。

いま、私たちが生きることができているのは、ある程度は他の人の犠牲との引き換えである。

現在、全国で道路封鎖と村落封鎖が行なわれ、さまざまな業種が打撃を受けている。養蜂家は季節ごとに花のあるところを探して移動するが、いまはその場所を変えることができない。

二月十三日、雲南に留められた四川《しせん》省の蜂蜜農家の劉徳成さんが自殺した。雲南の花の季節は過ぎてしまい、蜜蜂が農薬の毒に当たって死んでしまったのである。

二月十五日、中国養蜂学会は公告を発表し、「蜜蜂の移動」の順調な輸送ルートを確保するように呼び掛けた。

これは、私が初めて接した途方もなく不公平な死であるが、こんなにも身近だとは思ってもいなかった。あまりにも壮烈だが、私は幸いにしてまだ生きている。

もっと努力して生きていかないといけない。

夜、隣家の女の子が初めての生理で困惑し、緊張して泣いている夢を見た。私は彼女に近寄り、体に古いナプキンがいくつもくっついているのを発見し、一枚一枚はがしてあげながら、一緒にトイレに行った。

今日も相変わらず陽の光がキラキラと輝いている。朝食を済ませ、下で陽にあたった。階段を下りていると、五階まで来た時にしきりに犬が吠《ほ》えていたが、姿は見えなかった。しばらく立ち止まって待っていると、飼い主が家に連れ戻したのが聞こえた。

犬もたぶん寂しくて我慢できないのだろう。

建物の下の地面には、義援物資のキャベツがいくつか袋ごと置かれており、自由に持っていってよかった。

管理会社の人に世帯の人数を聞かれたので、「一人」と答えたら、その女性は「では、小さいのを二つどうぞ」と。スタッフは時おり大声で、「一階に野菜を取りに来てください」と叫んでいる。建物の上の階からは「昨日注文した野菜ですか?」という声や、「うちにはまだ野菜はあります」などの声がした。

階下はとても賑やかだった。コミュニティの中庭には十数人いて、二、三人で集まって雑談に興じていた。

昨日の男性は、相変わらず携帯で芝居の歌曲を流している。

中庭を通る車の中から范《はん》瑋《い》琪《き》と張《ちょう》韶《しょう》涵《かん》の「如果的事」〔もしものこと〕の歌が流れており、その軽快なリズムは、休暇をゆっくり過ごしているようである。塀のところで日向ぼっこをする人やマスクを外してタバコを吸っている人がいる。

中庭にいるのはほとんどが男性だった。管理会社のあるスタッフは中年の女性で、たまに野菜の受け取りとゴミ捨てに降りてくる女性もいた。

建物の外でシーツや枕を干す人もいる。

昨日共同購入で注文したものはまだ届いておらず、コミュニティの人たちは、グループチャットでその購入には人数がうまく集まったのかどうかを聞いている。

共同購入の新しい商品を送信した人がいる。「魚と肉を買うことができる?」「どうしてお米と油が入っていないの？」という質問が飛び交った。家にいる子供が使う文房具を買って欲しいと、管理会社のスタッフに頼む人もいる。こういった要求をする人たちは、「ありがとう」と付け加える。管理会社の人は住民と外界との連絡ルートで、住民はすべて彼らに頼って買い物をする。この「ありがとう」という義務も強制されているようなものである。

午後、コミュニティのグループチャットで、ある棟の住民が家の排水溝から水が溢れ出たと報告すると、管理会社の人はすぐに、一号棟の南西側の住民にしばらく台所で水を使わず、水を使うのであればすべてトイレの水を使うように求めた。二号棟の住民からは、トイレからずっと異臭がするという書き込みもあった。

部屋に戻って、窓の外の陽の光を眺めながら、ふと明日は本を持っていって陽に当たりながら読もうと思った。

この考えが頭に浮かんだ瞬間、内心こっそり自分を褒《ほ》めた。

フォロワーからのメッセージ

- 湿疹が出来たのはハンドクリームの成分と関係があるのでしょうか？ ネットで植物性のものを購入できればすぐに良くなるかもしれません。温水なら手を洗う時に細菌を流しますので、毎回強力な洗剤を使う必要はありません。
- 県城の枝江《しこう》〔湖北省宜昌《ぎしょう》市所轄〕に住んでいます。あなたと同じで外出はできません。買い物はすべてコミュニティの入口のスタッフに代行してもらっています。
- 多くのコミュニティが封鎖されましたが、食料と日用品の買い物の問題を解決してくれません。多くの人が家にお米やトイレットペーパー、野菜がどれほどあるのかを算段しています。世界第二の経済大国にして、こんなにも多くの人が、あなたと同じ土地で飢えることになるとは、想像すらできませんでした。
- 生きていることの後ろめたさを初めて感じました。

二月十九日

行動が希望を生み出す

たとえ私たちが置かれた立場が極めて受動的であるとしても、人はその中にあってもなお主体性を発揮しようとする。

ある日、インタビュー記事を読んだ。前線で患者の治療にあたっている医師が、「いつも、これ以上に何ができるだろうかと考えている」とコメントしており、大変感動した。医療従事者がそう考えているだけでなく、多くのボランティアもそうである。

肺炎の感染者と疑似感染者がネットで助けを求めると、いくつかのボランティア団体がすぐさま救助の情報を収集して当事者に連絡し、その需要を確認している。ボランティアの医師は患者のＣＴを見たり、病状を判断するのを手助けしたりする。ある人はコミュニティと病院との連絡を手伝い、また慢性疾患の病人の通院を手伝う人もいる。医療従事者の食事の問題や女性医療従事者の必要なものに関心を払う人、清掃作業員たちの仕事の状況に関心を寄せる人がいる。そしてボランティアで車を出す人など……。ロックダウンはボランティア活動の障害となったが、人々は簡単には諦められなかった。

救援物資は赤十字会に阻止されたことがあるので、彼らは別の方法を考え出し、成功するかどうかわからなくても、とにかく全力でやろうとした。

人々は希望があるから行動するのではなく、行動することによって希望を生み出そうとしている。

ロックダウン以来、私たちの自己掌握の感覚はどんどん奪われてきたが、それでも生きていけないほどの絶望はない。

人々が逆境の中で抵抗し、戦っているということが私に力を与えた。みんな完全に受け身になってしまったわけではない。コミュニティのグループチャットでは、住民が共同購入の情報を書き込むが、管理会社の人がどのように共同購入するのか知らないと言うと、電話で説明してあげる住民もいる。管理会社の人にもそのままグループに加わってもらい、コミュニティとのやりとりを省く。グループチャットの中で共同購入の連携を呼びかける人がいて、まとめたものをスーパーへ直接送信する。

昨夜の食事はしいたけと肉の炒めもの、お粥。

夕食後は友人たちとビデオチャット。みんな口々に、いまはいいニュースが本当に大切だと言い、それぞれ自分にとってのいいニュースを話し始めた。家の中で家族写真を撮った人、文章を書いた人、長く後回しにしていた仕事を済ませた人、撮影の本を読んだ人。
ある人の話では、知り合いが撮影した作品が賞を取り、賞金一五万元をもらったという。全員が祝福した。この受賞者は大学生の頃からまじめに努力をし、積極的に他の人の経験を見習いながらずいぶん実践も重ねたのだとか。大部分の人は、いわゆる天賦《てんぶ》の才というものはなく、裕福な家族背景もない。こうした人たちの成功は、きっと本人の努力によるものであろう。

話は画一化された美学に及んだ。ある人は、担任の先生が、同じ制服を着て行うラジオ体操は美しい、と褒めたたえたとか。確かに、ほとんどの人は中学時代に制服を着なければならなかった。それでも制服に手を加えたり、着心地をよくするためにゆったりとさせたり、自分のセンスに合わせて直したりした人たちがいた。ある人の話では、着ていた制服の品質が悪く、着ると体に湿疹が出るので、母親が学校に行って校長と議論したが、校長は制服の品質を改善をしなかったため、母親は後日似た生地を探してきて制服を手作りしたという。お母さんの行動は、彼女にとっていいお手本となり、いまでも不公平なことを目にすると、道理に基づいて闘ってしまうのだという。

そこで、みんなの話は闘って手に入れたものは大切だということになった。ある友人が話した。自分の母親が病院で点滴を受けた時、医師の処方箋では明らかにあと二本残っているだけだったのに、看護師はどうしてもあと三本あると言い張る。母親が三本の点滴はそれぞれどんな薬かと聞き返し、処方箋でチェックして欲しいと問い詰めると、看護師の言葉がしどろもどろになった。薬を間違えたのである。しかし父親はもめ事を心配して、それ以上は看護師と争わないように妻をなだめたという。

微信である文章を公開した人がいた。その文章によると、四〇〇〇億匹のバッタが中国に飛来したというニュース[9]はフェイクで、四〇〇〇億匹などというバッタはもともと存在しなかったという。[10]文章によれば、このニュースを最初に流したのはある微信のオフィシャルアカントであるという。この情報は後に『中国新聞網』、『澎湃《ほうはい》新聞』など多くの大手メディアによって報道された。インドでは確かに二〇一九年六月にバッタによる被害が発生したが、数量も四〇〇〇億匹のように多くはなく、災害そのものもとっくに終息している。ニュースのコメント欄に、農薬の株価が上がったという書き込みも数多くあった。この微信の文章がビジネスにまつわる陰謀なのかどうかはわからないが、誰もが思い

9　原注：參考資料：「〈四〇〇〇億匹のバッタ〉は、どのように来て、どのように消えたか」https://baijiahao.baidu.com/s?id=1658887580449006909&wfr=spider&〔中国語のサイト〕。

10　原注：二月十一日、国連食糧農業機関（FAO）はバッタによる農業被害についての緊急危険情報を出した。それによると、インドのバッタが中国に入る可能性は大きくないが、もしバッタが引き続き東に移動してミャンマーに入ると、中国・タイ・ベトナムなどの地に影響が出るであろうとのことであった。

もしなかったのは、大手メディアが情報源と事実の裏付けも取らずに報道したことである。ありもしない四〇〇〇億匹のバッタの大群が「消失」、これもいいニュースに数えられるとは何ということだろう。

朝起きて、曇り空であることに気づき、一階へ降りるのをやめた。

建物の下には二人が犬の散歩をさせており、一匹が急に吠え出したので、飼い主が建物の中に引っ張って行った。

モップ絞り器の取っ手のネジが一つ取れて以降、床拭き掃除はしていないので、取っ手を固定させる方法を考えていた。そこで黒いガムテープを探してきて、取っ手の両側の棒を固定し、ネジの取れた側を細い糸で何度も巻き付けたら、できあがったものはなかなか頑丈に仕上がっていた。

十一時頃、管理会社の人がコミュニティのグループチャットで共同購入で注文した肉を取りにくるよう呼び掛けた。そこで私はやっと下へ降りた。

外は陽射しはあったが、光はわずかで弱々しい。本を持って下へ降りた。陽の光はわずかでも、いまの生活では数少ない美しいものであり、なるべく長く当たっていたいと願った。

管理会社の入口で、五、六人の人が雑談している。中ではスタッフが資料と支払いのチェックをしている。私が降りて行った時は三人しか取りにきている人はいなかった。それでも、やはり私たちは列に並び、一人一人順番に入っていかなければならなかった。

誰かが車で出かけることについて、管理会社のスタッフに、「どんな人なら外出できるの？」と聞いた。彼は「通常はできません。仕事の証明書があれば大丈夫です。城管〔前出〕、公安警察、医師、看護師ですね」と。

私は肉を受け取った後、車の傍《かたわ》らで日向ぼっこしていた。

車の下で猫が一匹、用心深そうに外を覗いている。身をかがめて写真を撮ろうとしたら、さっと逃げていった。

ここ数日は風がある。今日は陽の光が弱く、風が身に染《し》みてやや肌寒い。

陽の光はすぐになくなったので、本を閉じて上にあがった。

昼食の後、肉を分け始めた。

私が購入した豚肉のセットは、肩肉一キロ、もも肉一キロ、バラ肉一キロ、骨付き一・五キロ。

骨付き以外は、一つ一つ小分けにしなければならない。そうしておけば毎回の食事に一塊《かたまり》ずつ使うことができ、とても便利。

私はいままでにこんなにもたくさんの肉を扱ったことはない。

肉は脂《あぶら》が多くて滑りやすく、切りにくかった。わが家の包丁は切れ味が少し鈍《にぶ》っており、刃の真ん中も欠けているので、肉を切る作業は余計に難しかった。

脂肪は好きではないので、肉を切る時になるべく赤身と脂肪付きの肉に分けた。脂肪付きの肉は煮物に用い、赤身は炒め物料理に使う。

ほぼ三十分かけてようやく達成した。汗まで出た。

肉を切る仕事は肉体労働である。切れば切るほど疲れて、少し吐き気もした。最後に、肉を三五に分け、骨付きも七つに分けた。

今晩はもうお肉を食べる気はしない。

第八章

出ることのできない封鎖生活

二月二十日

封鎖解除の条件

封鎖はロックダウン以前から始まっていた。

昨夜、テンセント〔騰訊〕の「大家《ダァジィアー》」の微信《ウェイシン》アカウントが閉鎖された。最後にアップされた文章は「武漢肺炎五十日間、すべての中国人はメディアの死に代価を払っている」というタイトルであった。ニュースのメディアは大衆に情報を伝える役割を果たしておらず、その主たる機能は「慰《なぐさ》め」、「励まし」、「感動」の範囲内でしかない、と語っていた。

むろん、それでもブロックを打ち破る報道をするメディアもある。ここ数年、個人メディアのアカウントの閉鎖はよくあることで、削除されたりブロックされたりすることもあり、知恵と勇気を持って戦うことは日常茶飯事である。私たちは検閲の基準を知り得ないため、推測することしかできない。そのため、文章を公開する時には、やむを得ずキーワードを別の言葉に置き換えたり、場合によってはやむなく文字を画像に変えることもある。それでも、時にはあるテーマを出しただけで、アカウントを削除されたり、ブロックされたりすることがある。

人々は簡単に放棄することなく、絶えずエネルギーを蓄積している。

二〇一八年、羅茜茜《らせんせん》さんは、名指しで北京航空航天大学の陳小武《ちんしょうぶ》のセクハラを告発し、#MeToo《ミートゥ》運動の幕を開けた。七〇を超える大学、九〇〇〇余名の大学生が母校に対してセクハラ防止の機構を作るよう連名で呼びかけた。こうした背景のもとでは、関連する文章が削除されるだけでなく、アカウントの閉鎖も当然のごとく免れなかった。そこで、キーワードを避けるために、ユーザーたちはセクシャルハラスメントを意味する「性骚扰」を繁体字の「性騷擾《せいそうじょう》」としたり、「MeToo」を音訳して「米兎《ミートゥ》」、「我也是」〔私も〕を「俺也一様」〔おれも同じさ〕、あるいは発音の近い「鵞也是《ウイエシ》」、「我都系《ウオトウシ》」と表現したりした。

今回の疫病期間には、李文亮《りぶんりょう》がキーワードとなり、それに関連した多くの文章が削除され、アカウントが閉鎖された。しかし人々は声を上げることをやめなかった。

昨日の夕食は紅菜苔《こうさいたい》〔前出〕の炒めもの、お粥。

1 「大家」は、テンセント〔騰訊〕（微信をはじめ、SNSやオンラインゲームの運営などを手がける中国の企業）が二〇一二年に開設したコラムサイト。二〇二〇年二月十九日に微信の公式アカウントとともに閉鎖された。

夜は友人たちとビデオチャット。昼間に公園に行った人は、身分証を見せなければ入れてもらえなかった。まったく不可解だ、と言う。たぶん確定診断した際に感染ルートを追跡するためだろうが、これは本人が報告すればいいだろうに、と言う人がいた。この他、情報管理のために過ぎないとか、たぶんあの人たちだからできるのだろうと言う人もいた。

ある人が薬局にマスクを買いに行った時、一枚が一三元もしたという。それでも薬局は誠実で、「とても高値なので、ご購入は慎重に」と、注意書きがしてあったらしい。友人は、マスクの値段は薬局に品物を卸した時点ですでに高かったのかもしれないと推測した。もし告発したら、薬局はきっとマスクを売らなくなるだろうから、人々が買う場所もなくなってしまう、とも。

また昼間、村を出入りする検問所の当番をした友人がいた。出入りする人は結構多く、通院する人、薬を買う人、親戚知人を訪問する人、さらに薬草を取りに行く人も。村長はとても真面目で、他の村や県城〔前出〕で自分たちの発行する出入証明書が認められないことを心配して、証明書に村民委員会と中国共産党の徽章《きしょう》の二つの印を押していたという。ところが、他の村の出入証明書は村長の署名だけであった。

その友人は言う、「検問所を出入りするのに証明書を持っていない人もいるけど、そういう人に対しては、検問に当たる人がその場の実際の状況で出入りの可否を判断していて、どういう人なら良いかという具体的な基準は特にないの。肝心なのは態度で、出入りする人は横柄過ぎてもだめだし、おとなし過ぎてもだめ」と。

規定だけあって明確な基準がない場合には、「人治」（人、あるいは少数の人が公的な権力を握っているシステム）に頼らざるを得ない。しかし人治は規則の拘束力をなくし、そこから弱い者をいじめ、強い者をこわがるような状況が簡単に生まれる。特に立場の弱い人たちが他人に助けを「求める」時、どのような態度を保持するのが良いのかは非常に難しくなる。

家でキャラメルミルクティーを作った人がいて、全員からうらやましがられた。そこで、その友人は急にやる気を出して、自家製ミルクティーの作り方を実演してくれた。まず鉄製のスプーンに白砂糖を入れて水を少々加え、スプーンをガスコンロに移して弱火にかける。みんながディスプレー越しに、白砂糖がゆっくりとキャラメルに変わるのを見て、キャーキャーと叫び声を上げる。それから、友人は小さな鍋で牛乳を温め、キャラメルを載せたスプーンを直接鍋に入れてかき混ぜる。器に移した後、そこに紅茶を加えてキャラメルミルクティーが完成。スイーツの好きな友人は、「私は淘宝《タオバオ》（通販サイト）を開いて買い物かごをいっぱいにして、それを見ていることで満足させるの」と言った。

友人の住むコミュニティの近くで飛び降りをした人がいたが、洗濯物を干す時に足を踏み外したのだ、と言う人もいるとの話である。

ダンスの話になった。ある友人は、自分の体がアンバランスなのが気になっていたところ、たまたまモダンダンスのことを知り、動きも比較的自由なので習い始めることにした。しばらくしてモダンダンスの教室に登録したが、一人の先生が彼女が踊る時に、誇張して彼女の動作を真似たので傍《そば》の人たちはみんな笑った。それっきり彼女はそのダンス教室には通わなくなったという。

今日はよく晴れている。窓の外の大通りを眺めていると、何日か前には、誰もいない広々とした通りで片手で自転車に乗って走っていたことを思い出し、それが何だか遠い昔のように思われた。

私は大学に入って初めて自転車の乗り方を習い、自転車をレンタルしてルームメートたちと郊外まで出かけたことがある。この二年はシェア自転車で市内を走るようになったが、車の多いところに来ると、まだ緊張してしまう。

コミュニティは毎日清掃作業員が掃除をしているが、芝居の歌曲を流すあの男性も、毎日欠かさず下で散歩をしている。

朝食を済ませて、下へ降りて日向ぼっこした。

マスクをしていない人がいた。犬の散歩に出てくる人がいる。子犬は落ちつかない様子でリードを振りほどこうとするが、飼い主はしきりに「いい子だ、日向ぼっこだよ」と言っている。しばらくすると飼い主は我慢できずにリードを外し、中庭を好きなように走らせた。猫二匹も、庭で声を出して互いに呼び合っている。

一台のタクシーが入ってきて、管理会社の事務所の前に止まった。スタッフがタクシーから二〇箱くらいの義援物資のリンゴを降ろし、その後にグループチャットで事務所にリンゴを受け取りに来るよう通知した。各戸三個限定で、私は独り暮らしなので、ちょっと得をした気分になった。でも、三個以上持って行った人もいた。

リンゴを運ぶ人

コミュニティの共同購入のグループチャットは一二〇人余りにまで増えた。ここ数日、グループでは五、六件の購入申し込みがあったが、いまのところ肉と卵が送られてきただけなので、何人もの人が「三日前に注文した一セット五〇元の野菜の注文は確定しましたか？」と聞いていた。管理会社のスタッフからは「コミュニティか

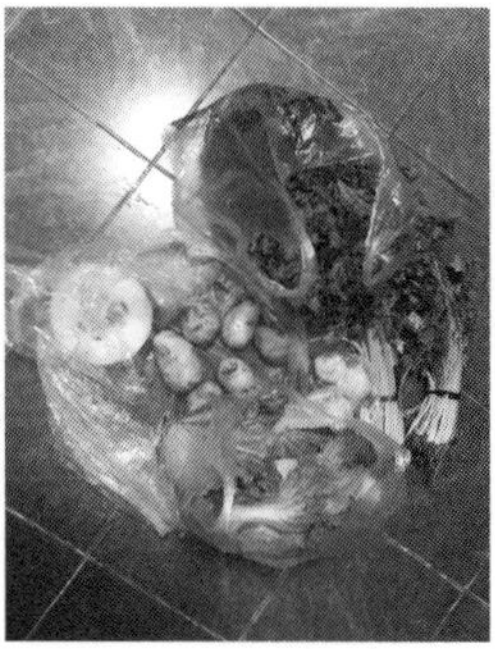
共同購入で買った野菜

らの連絡では野菜の共同購入はないということです」という返事だったが、今日「野菜のセットは本日七時頃に届く予定ですので、忘れずに通知を見てください」と言ってきた。すると、住民から「七時頃に到着するセットはどれですか？　多過ぎて、混乱します」という問い合わせがあった。

さらに、「卵を共同購入したい方はいますか？」と聞く人がいたが、誰からも反応はなかった。スタッフに「お米と麺の共同購入を連絡してもらえますか？」と尋ねる人もいた。今日新たにスタートした共同購入は二〇元の菜心《さいしん》であったが、家にはまだチンゲンサイがあったので参加しなかった。

二号棟の住民が、台所の排水溝からまだ水が溢れ出ていると言うと、管理会社のスタッフからの返事は、「共用部分の排水管の詰まりはすでに解決しました。コミュニティでの管理はここまでとなりますので、家の中はご自分で処理してください」というものだった。そこへある住民が、通水管の詰まりを除去する洗浄液がありますので、それを事務所に預けておきます。二号棟の住民の方が必要だったら、持っていってください、と言っていた。

一号棟の住民からは「三〇五号室のベランダに水がいっぱい溜まっていて金魚が飼える

くらいです。排水管が詰まっているのですか？」という問い合わせがあった。これに対して管理会社は、三〇五号室は誰も住んでいませんと答えていた。また、一号棟五階の住民は、「上の階の方はこれ以上水を使わないでください。家はもう水びだしで、いくら水を捨てても追いつきません」と言う。

ある住民は、微信のグループチャットに武漢の「ロックダウン解除」の条件に関する情報を書き込んだ。

　毎日の感染者増加数（疑似感染者数を含む）が連続十四日間ゼロであることが必須条件。

　具体的には下記の通り。

一．武漢市のその他の住民（すなわち隔離および治療を受けていない健康な者）の毎日の感染者増加数（疑似感染者数を含む）がゼロで、かつこの数字が十四日間継続すること。第十五日目より、武漢三鎮〔武昌《ぶしょう》区、漢口《かんこう》区、漢陽《かんよう》区〕について区域別に「解除」を進める。

二．一の条件が満たされた後、十五日目より、武漢市全域は「解除」せず、武漢三鎮の区域ごとに「解除」し、それぞれの区域内の生産、生活、学習を回復させるが、三区間の人の往来はせず、交通も停止のままとする。もし武漢三鎮の区域ごとの「解除」期間に、武漢市のその他市民の毎日の感染者増加数がゼロで、かつその数字が十四日間継続した場合は、十五日目より、武漢市全域の「解除」を準備する。

三. 一と二の条件がともに満たされた後、その二十九日目より、武漢市全域を全面「解除」し、市内交通を全面回復させ、人の自由移動、市内の生産、生活、学習などの活動を完全に始める。もし武漢市全域の全面「解除」期間において、武漢市民の毎日の感染者増加数がゼロで、かつ同数字が十四日間継続すれば、その十五日目より武漢市外部の「解除」を準備する。

四. 条件一、二、三がすべて満たされた場合、四十三日目より、武漢市における全省全国への交通の接続を回復させ、武漢市内部の人と全省全国の人との自由な移動を開始する。

これを見ると、コミュニティの封鎖は少なくともあと半月はかかりそうである。

フォロワーからのメッセージ

- ニュースを見るのは、頭を死ぬほどに使うドラマを観ているのと同じだ……。
- エンドウマメが食べたい……エンドウマメとタケノコの炒めものに豆腐干《とうふかん》を入れたものを食べたい。勇気を出し、危険を冒《おか》してスーパーへ行くべきか、近所で唯一営業している店や野菜の露店で適当に買うのが良いか迷っています。
- ひどく苦しく辛《つら》い。

二月二十一日

生活は一つのグループに縮小された

私たちと過去との関係とは何か？

昨日、日記を書き終わって少し休んでいると、突然言葉にできない悲しみが込み上げてきた。誰かに現在の状況を尋ねられると、いつも「こんな状況の中で考えれば、私はまだいいほうよ」と言ってきたが、ロックダウン以来の経験を振り返ってみようとすると、昨日のことさえ遠い昔のように感じることに気づいた。

ロックダウン期間の経験と変化を語る時、あえて感情を交えなかったので、自分とは関係のないことのようであった。これは、一種の離脱、回避しようとする人間のメカニズムであり、しばらくは自分を守るのに役立っていた。けれど私たちは、忘却と逃避によって自身を治療することはできない。

幸い、私は日記を書くことでこの間の感想を書きとめている。

これからも、すべてにきちんと向き合っていこう。自分の感想を率直に述べることはその第一歩で、次にはロックダウン中における自分の経験と、激しい感情に対する理解を試みてみよう。

封鎖は集団的な傷と苦痛をもたらした。政府はこの点を直視すべきである。

この疫病の流行の中で、不公平な死に遭った人たちもいれば、封鎖によって受けるべき治療を受けられなかった病人もいる。また業務を再開できず倒産を迫られている会社もある。

疫病の収束後、政府は被害を受けた人に対して経済的補償をすべきであり、封鎖そのものも銘記すべきだろう。真剣な問責と改変があってこそ責任を果たしたことになる。

昨日の夕食は手羽先の醤油風味の煮込み、お粥。

食事中、管理会社のスタッフから、一階に降りて野菜セットを受け取るよう通知が来た。マスクはしたが、着替えもせずに、綿入りのスリッパを履いて降りて行った。

他の人の注文に加わって購入した時、野菜は二セットあったが、受け取る時は各自一セットしかないと言われた。しかも届けられた今回のセットは私が選んだものではなかったが、言い争いはせずに、受け取って部屋に戻った。五〇元のセットには、冬瓜《とうがん》、セロリ、ステムレタス、レタス、じゃがいもが入っていた。ステムレタスとレタスがとても多かった。青物野菜は保存しにくく、浪費になってしまうので私は少し困った。

ある住民が一緒に上がろうとした。エレベーターに入ると、彼女は小さな瓶を取り出して、ボタンにスプレーをかけてから押した。部屋に戻ってマスクを外し、手を洗ってから食事を続けた。

夜は友人たちとビデオチャット。女性が払う犠牲について話した。

女性の苦しみは往々にして重視されない。女性が家庭と子供のために犠牲を払うのは、なおさら当たり前だと見なされる。出産の時も麻酔の使用や無痛分娩は推奨されず、そのことさえ女性は自分で決めることができない。夫や両親が麻酔の使用や無痛分娩をしないように勧めるのは、麻酔を打つのは赤ちゃんによくないからだとか、ひどい場合だと、他の女性はみな耐えられたのだから、あなたにできないわけはない、と言う人もいるからである。

木蘭《ムーラン》[2]のような困難な立場について話す人がいた。女性は職場で男性と同じように働き、競争し、事業で成功すると、家に戻って良妻賢母となる。しかし、職場では平等な機会がなかなか得られず、家庭内での献身的な仕事も実際には認められない、と。

甘粛省の看護師たちが髪を切られた話になった〔二月十八日にも話題になっている〕。女性にとって髪の毛がなぜ大切なのかとか、爪を切るのであれば女性たちにあれほど激しい感情はなかったのではないだろうか、という意見が出たりした。

友人の一人は、大学入試の点数をめぐる性別の不平等に抗議して、坊主頭にした経験を話した。父権社会の中では、外見は社会関係の一部である。女性が坊主頭にすれば異端と見なされ、会社の面接に行っても雇ってもらうのは難しいし、社会の中でも孤立させられる。私たちは公の場で坊主頭の女性を目撃することは少ない。また、髪の毛には保温の効果があるので、坊主頭では風邪を引きやすいし、髪の毛が伸びるあいだもあまり気持ちよくはない。そこで、私たちがこの構造を論じるには、現実の規則が女性にもたらしている弊害をも考慮する必要がある。

ある友人は、お隣さんが毎日子供を叩《たた》いたり罵《ののし》ったりしているので、手紙を書いたことを話した。

> どうか、もうこれ以上お子さんを叩かず、気持ちを通い合わせてあげてください。そうでないと、私には事情を知る者として警察に通報し、家庭内暴力を阻止する責任があります。家庭内暴力は違法行為だからです。『中華人民共和国反家庭暴力法』第三三条の規定には、「加害者が家庭内暴力を実施し、治安管理の行為に違反した場

2　中国の民間伝説や歴代の歌謡詩歌・戯曲などにしばしば登場する女性の将軍。年老いた父親に代わり男装して従軍し、異民族との戦いで功を立てて帰郷するも、その後で女性であったことがわかり、周囲を大いに驚かす。現在では映画化もされ、中学の国語教科書にも採用されるなど、誰もが知っている伝説上のヒロイン。

合、法規によって治安管理の処罰を与える。犯罪を構成した場合、法規によって刑事責任を追及する」とあります。子女の教育は簡単なことではありません。しかしどうか平等、尊重、合法的な方法を堅持してください。もしも家庭内暴力を受けたり聞いたりした場合、１１０または１２３３８にダイヤルして助けを求めてください。ご家庭が仲睦まじく、健康で平安であることをお祈りします。

彼女は隣のドアの隙間に手紙を差し込んだ。

ビデオチャットをしている時に、トイレのドアシャフトが突然壊れ、ドアが半分落ちてしまった。私は泣くにも泣けず、笑うにも笑えず、仕方なくそのまま半開き状態にしている。

夜、夢を見た。夢の中でも私は部屋に閉じ込められていた。
ドアの外で誰かが喧嘩《けんか》をしているけど、私は何もできない。
今日は薄暗い空。昨夜雨が降ったようで、地面は濡れている。
朝八時に起きたが、疲労感に襲われ、全身に力が入らない。

芝居の歌曲を流す男性は相変わらず建物の下で散歩している。

私はいつもの生活リズムを保ち、運動をして、朝食を摂《と》り、その後、なんとか少し仕事をした。


武漢での生活は、微信のグループチャットの中に縮小させられている。

管理会社のスタッフはお米一〇キロの共同購入を発信した。それによると、「非常時期のため、私たち自治組織の同志たちは大変苦労しています。お米の注文は今回限りとします。みなさんが充分な食料を備蓄されることを望んでいます（当面の隔離は三月十日まで）」。住民たちは次々と購入を申し込んだ。

別のグループチャットで果物の共同購入を見た人がいて、「果物を買いたい人はいませんか？」というメッセージを出し、その後グループ内で果物の購入を取りまとめ始めた。最低三〇ユニットからの配達だが、買う人はそう多くなく、呼びかけた人が焦り始めた。そこで「**食べないで、どうやって時間を過ごすの？**」と一言。一方、ある人は「胡麻《ごま》ソースの共同購入はありますか？」と聞いたが、誰からも返事はなかった。

一号棟の数戸の人が、午前中に管理会社の事務所へ行き、排水溝の水が噴出する問題を相談した。

午後、やっといい知らせがあった。三号棟の曲がり角にある排水管が詰まっていたのが原因であり、臨時に排水管に穴を開けたという。家の中が水浸しになった住民もこれでやっと安堵した。

昼食の後、昼寝をしたら、思いがけず二時間も寝てしまい、起きてからずっと頭がぼんやりしていた。

グループチャットに、お米と無料の白菜を下に受け取りに来るようにとの管理会社の通知があった。

下に降りて野菜を受け取ってから、机に向かって日記を書き始めた。ところが頭が重くて考え事ができなかった。部屋をしばらく歩き回っていたら、ようやくすっきりしてきた。

フォロワーからのメッセージ

- どうやら、野菜は普通の値段ではないのですね。本来は一五元もあればすべてが買えるはずなのに。
- いま「何もかもすべてはとても良い」ということですが、私はやはり湖北の人民と武漢の人民を信じます。……あなたたちこそ真実です……。
- 陰鬱な霧はきっと消えます。頑張って。太陽の光はずっとあります！

二月二十二日

すべては共同購入で

武漢で生活している人は、いまやグループでの共同購入に頼らざるを得ない。最初はコミュニティを通しての共同購入しかできないという規定であったが、住民たちの生活はあまりにも辛く苦しく、共同購入によって生きるために必要な食品を買うだけでは満足できず、購入商品の一部不合理な組み合わせにも不満を持っていた。そこでみんな次々と自分たちで共同購入を始めるようになり、別のコミュニティで見た購入情報を自分たちのコミュニティに流した。

どこにでも、顔の広い人がいるものである。私のコミュニティには、果物の共同購入を組織した人がいたが、この人は今日まるで手品のように、どこからか塩六袋、お酢六本、ヨーグルト六箱、さらに大量の卵を仕入れてきて、誰か欲しい人はいないかと尋ね回っていた。塩一袋四元、お酢一本七元、ヨーグルト一箱五〇元、卵二五個三〇元。

友人から動画が送られてきた。動画の中では、住民の一人がコミュニティのグループチャットで、コミュニティの事務所が何も仕事をしないことと、スーパーの火事場泥棒的行為を非難している。

彼女の話では、コミュニティの住民はほとんどの場合みな自力でやっているし、消毒用アルコールやマスクも住民委員会が何とかして購入したものである。管理会社の消毒物資でさえも住民が寄付したもの。「コミュニティは人手が足りない」という意見に対して、彼女は「管理会社はいったい何をしたっていうの？　会社は住民委員会の仕事をそのまま受け継いだだけど、共同購入の情報を書き込むだけじゃない？」と反問した。また「スーパーの購入セットはまったく話にならない。お米を買うのにトイレットペーパーや醤油と組み合わせられるなんて」と言う。

昨日の夕食はセロリと肉の炒めもの、お粥。

夜は友人たちとビデオチャット。昼間にダンスをした人、仕事をしていた人、家族を手伝って子供の世話をした人、映画を観た人。住んでいる県城〔前出〕が検問所を撤廃し、住民は自由に行き来できるようになったと報告する人。

話題は、多くの刑務所で感染確定者が出たこと。しかも武漢の女子刑務所では二三〇名、山東省任城《にんじょう》の刑務所では二〇七名も出た。相当多くの感染者が出て初めて、私たちはそうしたニュースをメディアで目にすることができる。

収監中の患者は、治療が受けられるのだろうか？

刑務所では流動する人は比較的少ないほうだが、留置所の状況はどうだろうか？

他にも多くの人が密集する場所はたくさんある。老人ホーム、福祉施設などでは、防護措置はどうなっているのだろうか？

ビデオチャットの途中、ある友人が突然私に、「今日、咳《せき》がちょっと多いよ」と言った。自分ではまったく気がつかなかった。自分で気づかなかったということは、大したことのない証拠であり、病気にかかったかどうか心配している時間もなかった。とはいえ、実のところ疑わしい症状はずっとあって、たまに咳が多いとビタミンCの発泡錠を水に入れて飲み、精神安定剤としていた。

朝は八時に目覚めた。寝ぼけ眼《まなこ》で窓を開けたら、外は霧《きり》か靄《もや》が取り巻いていた。ちょうど今朝グループチャットに、誰かが武漢のいくつかの場所で発生した火災の映像をアップしていたので、窓の外が真っ白なのを見てドキッとした。眼鏡をつけてじっと見ると、やっぱり霧だと確認できた。

十時過ぎ、太陽が出て霧が散った。私は日向ぼっこのために下へ降りた。

マスクを二枚つけている人がいた。おそらく昨日誰かがグループチャットに、コミュニティで疑似感染者が一人出たという情報を書き込んだためだろう。ある人はそのメッセージを見て、「共同購入を共にするのは、亦《ま》た楽しからずやで、まるで祭日を過ごすかのように楽しみ、宅配は受け取るにも便利このうえなかったのに、それもいまはもう終わった、感染者が出てしまって。これまでの封鎖はまったく無駄だった」と言う。この疑似感染のケースは、そもそも共同購入による感染かどうかはわからないが、共同購入は罪を着せられてしまった。

買い物に外出して帰って来た人

私たちのコミュニティの管理会社のスタッフは、こんなメッセージをグループチャットに寄こした。「みなさんに提案します。もし基本物資の確保ができているようでしたら、あれこれと共同購入のグループを個人で探さないでください。疫病期間は命の保全が大事です。建物を降りるたびにリスクも増加します！　我慢すればもうすぐ過ぎ去ります。もし接触する人が入り混じると、このコミュニティだけでなく、武漢もさらに大きな代償を払うことになります」。しかし、多くの人が共同購入をするのは、封鎖がいつまで続くかわからない中で、目の前の暮らしを少しでもよくしたいからである。

私はこのコミュニティでは外来者で、他に知る住民はいない。

住民のほとんどは地元出身なので、みな武漢の方言で話している。雑談している人がいて、聞き耳を立てたとしてもまったくわからない。

縄跳びをする子供

外から車が戻って来た。運転している人はこのコミュニティの住民らしいが、なぜこの人たちは出入りができるのだろう。トランクから二、三個の袋を降ろした。中は主にお菓子類で、西瓜の種やどら焼きなどが入っていた。

今日の共同購入は小麦粉と熱乾麺《ルオガンミエン》だったが、家にはまだ使っていない小麦粉があるので買わなかった。買ってきた熱乾麺とエッグノッグを嬉しそうにグループチャットにアップしてみんなに見せる人がいた。

グループチャットの中で、胡麻ソースの共同購入を始める人もいた。すぐに一〇人余りが加わった。武漢の人たちは特に胡麻ソースがお気に入りらしい。

今日は、三人家族が部屋から降りてきて日向ぼっこをしている。十歳くらいの男の子が庭で縄跳びをしている。やがて母親もやってきて、子供と一緒に跳んだ。しばらくすると男の子が「暑い」と言ってコートを脱いだ。縄跳びで疲れてくると、今度は母親と遊び始めた。最初は手を叩く遊び、その後は片足を上げて膝《ひざ》をぶつける遊び[3]で、いかにも楽しそうだった。父親は傍《かたわ》らでずっと立って見ていたが、片足での遊びになると審判になって、「手を使っちゃだめよ」と男の子に向かって言った。

近くで眺めていた私も、何だか嬉しくなってきた。

やがて家族は遊び疲れたのか、管理会社から共同購入の品物を受け取ると部屋に戻って行き、私も上にあがった。

3　原注：左手で右足の足首をつかみ、右手は右の太ももを支え、鶏が片足で立つ姿勢を取って互いに押し合う遊び。

フォロワーからのメッセージ

●山東省にいる者です。コミュニティの中ではほとんど人を見かけません。子供も外で遊んでおらず、日向ぼっこをする人もいません。みんな家に閉じこもっています。

●下に降りて日向ぼっこができるんですか？　私は湖北の宜昌《ぎしょう》にいますが、住民は下には降りられないし、コミュニティからも出られません。みんなルールをよく守っています。気をつけてくださいよ、無症状でもウイルス感染者がいますから。人から人への感染にご用心ください。

●杭州に住む者です。温州から杭州に来ました。十四日間隔離されていたあいだに、ドアの鍵を修理してもらいましたが、鍵屋さんが鍵に接触したので、廊下で監視する人がすぐさま警報を鳴らし、鍵屋さんが自宅に帰り着く前に警察が駆け付けて彼を隔離しました。

●場所にもよりますよ！　わが家は共同購入なんて考える間もなく、いまではコミュニティが封鎖され、お米も底をついた状態です。今日は頼み込んで管理会社に何とか一袋買ってもらいました。醤油チャーハンで数日は頑張れるでしょう。

●新疆《しんきょう》のカラマイ市に住む者です。ゼロ感染の都市です。一月二十七日に帰宅してからずっと隔離中で、今日で二十八日目です。

二月二十三日

トラブルメーカー

何かを要求する人はトラブルメーカーとされやすい。たとえその要求が合理的であっても、である。

コミュニティの住民は家族ごとに状況が異なる。数日前、朝の体温報告を見た時、五、六人もいる家族に気づいた。コミュニティが封鎖されて一週間、そろそろ野菜なども底をついている家庭もあるはずである。

昨日、ある人がグループチャットで、「管理会社はもう共同購入をやらないのですか？自分で買いに行かないとだめですか？」と問い合わせていた。

ところが、管理会社のスタッフからの返事は「私たち自治会事務所は、肉、卵、青物野菜の共同購入を組織して、昨日も白菜を配ったばかりです。もう全部食べてしまったのですか？」というものだった。続いて、多くの住民から、「いま事務所は通常の生活維持のための購入しかできません。会社の管理はとてもいいと思います！」といったメッセージがあった。要求を出した人がたちまちに、あれこれ言い立てる人となる。彼女も仕方なく、

「誰も管理会社が悪いなんて言っていません。中国の文化は心は広く懐《ふところ》は深く緻密《ちみつ》なのだから、私の言葉を曲解しないでください」と言うしかなかった。

その後、また管理会社の事務所を擁護する人が出てきた。「もし自治会が毎回組織する共同購入にみんなが参加したのなら、ここ半月の生活の基本保障には問題ありません」と。共同購入による感染リスクを指摘する人もいたが、すかさず反論された。「管理会社が行う共同購入にはまったく感染リスクがないとでも言いたいの？」と尋ねると、最初に質問した住民は、「私は十八日にグループチャットに入りました。グループのすべての共同購入に参加し、ずっと配達を待っています。それなのに何の音沙汰もありません。みなさんも別に悪意なんて持っているわけではないでしょう。ただ、それぞれの置かれた立場と角度が違うだけです。考え方に少し違いがあるのはとても正常なことではないですか」と反論した。

問題を提示した人は、自分の正当な要求を述べただけだが、不思議なことに管理会社を守ろうとする人が出てきて衝突になる。こんな時、私は他の人と衝突を起こしたくなかったため、勇敢になれなかった。封鎖期間中は、このグループと事務所の行う共同購入に頼らざるを得なかったからである。

ストックホルム症候群という言葉を思い浮かべた。被害者の生死が加害者によって完全に掌握《しょうあく》され、被害者は逃げ出すチャンスが存在しないために、加害者に頼ることになり、そのささいな親切にも感激し、加害者を弁護してしまう。

これは権力のない者が強権と向かう時、生存のために生じる反応メカニズムである。

私は特定の管理会社のスタッフが「加害者」だと言っているのではない。しかし、この封鎖の中で、管理会社とコミュニティは強大な権力を与えられ、その権力は人々の生存まで掌握できる。

昨日の夕食はしいたけと肉の炒めもの、お粥。

夜は友人たちとビデオチャット。封鎖以来、初めてスーパーに行き、おやつを買ってきた人がいた。外に遊びに行った人は、何度も体温を測られながらも、海鮮料理と牛肉の火《ひ》鍋《なべ》を食べたとか。

疫病が蔓延する中で起きた悲劇について話し合った。

武漢市新洲区汪集街《おうしゅうがい》童《どう》窩《か》湾《わん》というところが、ウイルスの流行で道路を封鎖することになり、童《どう》さんという方の車が道路封鎖に使われた。二月二十日、隊長は人を外に送って行くことになり、童さんの家に行って車を移動するよう求めたが拒否された。そこで隊長は童さんと喧嘩になり、童さんの奥さんと娘さんが止めに入ったが、隊長はナイフで一家の人を刺し、三人ともに亡くなった。ところが新洲市の公安分局が報告した事件の原因は隣人同士の口喧嘩というものだった。

疫病の蔓延期間中、人々の中には肺炎への恐怖と、家の中に閉じ込められた苛立《いらだ》ちや焦り、未来への漠然とした絶望が溜まっており、そうした感情の捌《は》け口がなければ、暴力事件が起こるのも必然である。

ある夫婦は、生まれたばかりの赤ちゃんを、汕頭《すわとう》市澄海区の人民華僑病院に残して姿を消した。残された紙片にはメッセージが記されていた。子供の出産で、なけなしの貯蓄をすべて使ってしまいました。いま肺炎の流行が厳しい状況になり収入はまったくありません。病院あるいは派出所で子供を福祉施設に預けていただきたいのです。これから仕事を探しに行きますが、もし生き残れたら、一か月以内に必ず施設に赤ちゃんを迎えに戻ります。養育費もその時に払います、と。

ある人がなんとこうコメントした。「産む前に育てられるかどうかをちゃんと考えなかったのか?」と。だが、貧しい人にも子供を産む権利がある。子供を産む資格を、人よりもより多く持つ者などいない。

私たちはどうすればもっと多くの悲劇が生まれるのを防ぐことができるだろう？

政府は防護措置を検討する必要があろう。各自の状況をできるだけ考慮するとともに、封鎖が人々にもたらす心理的な影響も考慮すべきである。

話題は最近モーメンツの間で流行っている「人生必ずやるべき一〇〇のこと」というものにも及んだ。「マイホームを持つ」「中国各地の名所を巡《めぐ》る旅をする」などなど。このリストは人を不快にさせる。なぜなら、それは社会の評価システムを具体的に表わしており、社会的地位の比較を暗に含んでいるからである。すでにこの項目を達成した人は、きっと優越感を持つ。

しかし、この中のいくつかは、ある人々にとっては元来達成できないものである。しかもそれができないのは、彼らの個人的な要素によってではなく、社会的な資源が足りないからである。

人生において必ずしなければならないことは、どれほどもなく、自身の人生を精一杯生きればそれでいい。

あるネットユーザーが、封鎖の初日に言った。「今日までに、あなたの知能指数、人脈、財力でマスクを何とかして手に入れることができたのだろうか？　もしまだだったら、特効薬なんて考えないように」

昨日、コミュニティのグループチャットに、多くの人が別のコミュニティで出た新しい感染者情報を寄せていた。

いまはコミュニティの外には出られないので、人とわずかでも接触する機会は、共同購入の食品を受け取りに行く時だけである。そこでみんな緊張し始めた。果物の共同購入を呼びかけた人はもっと心配しているようで、果物を受け取りに来る際にはぜひマスク、手袋、消毒液などを持ってくるようにと、みんなに再三頼んだ。彼女は、万が一のことを恐れている。

みんなで相談した結果、分散して建物を降り、果物を取りに行くことになった。一度に三人が下へ降りて行き、グループチャットで順番に番号を呼ぶ。すると共同購入の発起人が今度は消毒用アルコールでの失火を心配して、以下のメッセージを三度にわたってグループチャットに書き込んだ。

みなさん、消毒にアルコールを使っていますが、火事を起こさないように!!!

みなさん、消毒にアルコールを使っていますが、火事を起こさないように!!!

みなさん、消毒にアルコールを使っていますが、火事を起こさないように!!!

昨日は配達員が配送する荷物が多すぎたため、共同購入の物資は今日の配送に変更されていた。ところが、配達員は、今日は交通制限があるため、届けられないと言ってきた。これを見て、ある住民は、「明日になれば車の制限がもっと厳しくなる」と言う。それに合わせて数人が「果物がもし今日届けられないのだったら、キャンセルしたい」と言った。そこで共同購入を仕切った人は住民たちそれぞれに返金した。

今日も陽射しはすばらしい。

八時過ぎには、清掃作業員が下で掃除をしており、散歩をする人もいる。私も朝食を済ませてから日向ぼっこに降りた。

防護服を着た人がゴミ箱をきれいに片づけている。

お昼に窓から外を眺めると、二人の男性が長い間、放っておかれている工事現場で日向ぼっこをしていた。二人はもうそこに一、二時間くらいいて、一人はたえず携帯電話をいじっており、もう一人はうれしそうに行ったり来たりしている。たまに言葉を交わすが、何の用もなさそうであった。

彼らはなぜ外出できるのだろう。住んでいるコミュニティが取り締まらないからだろうか。あるいはここに足止めされた建設作業員で、どこのコミュニティにも属していないからだろうか。

彼らは塀の外におり、塀の中では犬の散歩中の人がいる。

今日はグループチャットで共同購入の経験を話し合う人がいた。「盒馬鮮生《フーマーシェンション》」の野菜が買いやすくなった、と言う。これに対して、多くの人がまだそこで一度も買えたことがないと言う。また「十一月十一日のセール[4]より競争が激しい。去年の十一月十一日もこんなに争って買うことはなかった」と言う人。買えた人が言うには「繰り返しページ全体をリロード（再表示）する。九時五十九分だとまだ会計の時間ではないので、きっと支払いの確定はできないだろうけど、これは他の人より先行するためなので、会計のページを繰り返し表示すればいい。通常、ページを再表示すれば、十時ちょうどには会計ができる」と。

いま、グループチャットで議論が最も多いのは、やはり別のコミュニティで感染確定者が出たとの情報であり、コミュニティの消毒を要求する住民も現れた。午後、管理会社のスタッフから、消毒を始めるので外出をしないように呼びかけられ、消毒が始まった。

二号棟と三号棟の住民から、またもや台所の排水溝から水が噴き出したとの苦情が出た。管理会社のスタッフがすぐに台所の排水管をさらうと、中からビニール袋や雑巾が出てきたと説明した。

午後五時過ぎ、共同購入した胡麻ソースが届いた。

4　中国では十一月十一日は数字の一が四つ並び、独身の人を連想させることから、「光棍節《こうこんせつ》」とよばれる新しい記念日が生まれた。「双十一節」ともいう。「光棍」は元来は男性の配偶者のない者の意であったが、やがて大学生の男女が異性の相手がいないことを意味するようになり、いまでは結婚しない男女という語となった。独身者は比較的自由な消費生活をしていることから、これに着目したアリババ・グループは、ネットで買い物をしてもらおうと、二〇〇九年からこの日に「独身の日」の一大格安セールを開始した。

フォロワーからのメッセージ

訴えられない辛さは如何《いかん》ともしがたい。人間は自らを守るために、ほとんどの人は沈黙を選ぶ……。

なぜか、今日の日記を読んで、心穏やかな触発を感じた。目が醒めてまた読み返したくなった。

第九章

家にいられるのは「幸運」、
でも「幸福」ではない

二月二十四日

火神山医院を建設した地下鉄の作業員

この二日、日記で私とコミュニティの何人かの住民が、一階に降りて日向ぼっこをすることについて書いた。これに対して、「武漢人はやはり勇敢だ」と言う人もいれば、私たちを「何も考えていない人」とするコメントもあった。

私は武漢にいるすべての人を代表することはできない。そして私は怖がっていないというわけでもない。ただ努めて苦境にいる自分自身を、少しでも楽にしたいだけである。一階に降りて陽に当たる人の多くも、おそらく私と同じで、家の中で我慢していられないだけだろう。下に降りる人のほとんどはマスクはきちんとつけているし、人と話すにも距離を保っている。

毎日家の中に閉じ込められ、いつ解除されるかもわからないため、気持ちが落ち着かないし、絶望感もある。

ここ数日、体の疲れを感じ始めていた。熱はなく、食欲もまだあるので、肺炎に感染したということはないはずである。無力感に対する一種の身体反応に過ぎないだろう。

私たちは自分とは異なる他人の生活様式をいかに理解し、尊重すべきか？　これは難しい問題で、察知とその訓練が必要である。

いま、家庭で争いが起きる原因の多くは、異なる生活習慣や生活様式に関連している。一般的で大衆的な生活を基準とすれば割合簡単だが、それとは違った生活をする人はよく非難される。

それでも、自分の基準で他人を評価し、違うことを理解しようとしない人が多い。

家庭の中でも、片付けが不得手な女性に対して、家が少し散らかっているだけでも、女性としての本分を尽くしていないと批判する人がいる。

昨日の夕食は冬瓜《とうがん》と肉の炒めもの、お粥。

夜、友人たちとビデオチャット。「鍋盔《グオクイ》」[1]を作った人がいて、山登りをした人もいた。また、外出して多くの店が営業しているのを見て、日常生活が戻ったと錯覚した人もいる。

話題は、過度な安全検査に対する不満について。

1　小麦粉で作った一種のパンケーキで、鍋のふたのような丸い形をしていて厚い。陝西省や甘粛省などの中国西北地方の伝統的な小吃《シャオチー》。

ある友人の話では、地下鉄の駅で安全検査を受けた際に機器が壊れたので、友人は係員が手に持っていた検査機具で調べてもらおうとした。しかし係員はだめだと言って、どうしても彼女に別の機器で検査を受けさせようとした。彼女はもともと地下鉄での安全検査に不満を持っていたので、この時はいっそう腹が立った。そこでそのまま地下鉄に乗ったものの、思いがけず係員も二駅ほど彼女を追いかけてきて、駅長と警備員まで呼んできた。結局、彼女は別の駅で安全検査の機器に通された。抗議すると、地下鉄の警備員は、規定に不備があれば訴えてもよいと言った。だが、一人の力で地下鉄の安全検査規定を改変できるのだろうか？

安全検査の係員はなぜそれほどまでに真面目にやるのか？　それは、「秘密の客」（覆面調査員）に遭うのを心配しているからである。「秘密の客」は乗客に扮してわざと安全検査を通らない。その検査員をテストしているのである。もし「秘密の客」を通してしまったら、彼らにとって面倒なことになる。「秘密の客」の存在によって、検査員に常に監視されていると自覚させ、検査を軽く扱うことを防ごうとしているのである。

不合理な規定は、その執行者と、規定を受け容れようとしない人の間に衝突を生み出す。

今日の陽の光は少し出渋ったようで、十時過ぎにはすっかり消えてしまった。

気温は明らかに上昇した。いつものように、厚いセーターの上にコートを着ていたが、少し暑く感じた。昼間は部屋の中で、窓を開けっぱなしにしている。

コミュニティの青い囲いの二か所が先の暴風雨で壊れていた。今日は三、四人の人が近くの工事現場から柵を運んできて、囲いを修理した。一階に降りて彼らと雑談をした。この人たちは修理のために管理会社に臨時で雇われた人で、人が乗り越えるのを防ぐ工事だという。

彼らは地下鉄の作業員で、ロックダウンのため武漢に足止めされている。近くのプレハブの建物に住んでおり、同じような境遇の仲間が九人いるらしい。

彼らは火神山《かしんざん》医院[2]の建設に来ていた。

ある日の十一時過ぎ、緊急の通知を受け、会社が車を用意して彼らを運んでいき、翌朝車で送り返された。合計四日間行ったという。彼らが言うには、火神山医院建設に参加した労働者はみな二交替制で、そこでの仕事が終わった後は、彼らも十五日間隔離されてい

2　新型コロナウイルスの患者を受け入れて治療するために武漢市蔡甸《さいでん》区に急遽《きゅうきょ》建設された病院。二〇二〇年一月二十三日に建設の審議を始め、二月三日には完成した。四月十五日には閉院し、まもなく撤去された。同様のものが江夏《こうか》区に作られた「雷神山《らいじんさん》医院」。

たとのこと。

彼らの何人かは技術職の工員だが、現在は多くのコミュニティに呼ばれてちょっとした修理の仕事をしている。その中の一人は、「いまは技術職の工員を無理やり肉体労働者に当てている」と言う。会社からはマスクの配布があり、火神山医院の仕事でも手当が出て、封鎖期間中の給料も出ていると言う。

壊れた囲いを修理する地下鉄の建設作業員

封鎖期間中は、会社に専属の料理人がいて、彼らのために食事を作っている。最初は果物も配られていたが、いまは果物が手に入りにくいため、一日に三食が出るだけだという。

彼らによれば、コミュニティが封鎖されてからは外のコンビニや小型のスーパーもすべて閉まり、営業しているのは大型スーパーだけだが、それもコミュニティと管理会社の共同購入しか受けつけておらず、個人は店中に入れないという。彼らの出入りはいまのところまだ特別な制限はないが、それでも会社に文書で報告しなければならないとのことであった。

いま、自分たちもほとんどの時間は部屋で過ごしているので、感染もあまり心配していないという。家族はきっと心配しているでしょう、と尋ねたら、一人が「もし今日家族からの電話に出なかったら、親戚からも次々と電話が入ってくる。こっちが出るまでやめない」と答えた。

ある男性は、バイクに娘を乗せてコミュニティの中庭を走り回っており、風よけのシールドからは子犬も見えた。

十一時過ぎに、管理会社から共同購入のセットを受け取るよう通知が入った。他に一一袋の手羽先と七袋の鶏の胸肉もあり、先着順に買える、とのこと。そのため今日は事務室の前に並んで共同購入の商品を受け取る人がいつもより多かったが、並ぶにあたっては、みんな意識して間隔をあけていた。

普段階下に降りて散歩する時には、女性に会うことは少なかったが、今回の共同購入の受け取りでは、女性がやや多く出てきた。

私たちが予約していた共同購入のセットメニューは、豆腐干《とうふかん》、ゆば、寛粉《クワンフェン》〔さつまいもを原料とした幅広の春雨〕、豆腐、饅頭《まんとう》、食パン、一セット五〇元だった。私が受け取ったのは、豆腐干二袋、豆腐一箱、蒸しパン一袋、合計一四・二元で、注文したものとは違うものだ。それでも最後の一袋であった鶏の胸肉を手に入れることができた。値段は一三元。

持って帰った食品をドアの近くの床に置いてから、食事の準備に取りかかった。午後、事務所のスタッフから豆腐が悪くなっていたので、一箱三・五元を一階で返金すると連絡が入った。住民の一人が容器を開けると、豆腐にねばりがあったと申し出た。すると別の人が、「次の共同購入でその分の料金を減らしてもらうのはどうかな？　下に降りるとまた感染のリスクが増える」と提案した。スタッフからは、「次回の共同購入の時に相殺してもかまいませんよ」との回答。ただ、これを煩《わずら》わしく思う住民からは返金は不要だという意思表示もあった。しかし、「返金が不要となると、スーパーに利益を与えることにならないか」と反論する人が出た。またグループチャットでは豆腐を豆乳にする製法を披露する人もいた。

数日前、ネットにはスーパーの多くが故意に物の値段を上げていることを暴露する情報が流れた。たとえば共同購入には不合理なセットメニューがあるとして、随分議論と関心を呼び起した。今日は微信《ウエイシン》のグループチャットで、誰かがスーパーの生鮮事業部を始め、「コミュニティのセットメニュー提供モデル」の価格を決めたとの送信があった。その具体的な内容は次のようなものであった。

一・推薦「民生野菜一〇元セット」

具体的には、三種類の野菜、合計五キロで一〇元。（白菜、キャベツ、大根、にんじん、じゃがいもの五種類。各セットは最低三種類以上）

二．すべての生鮮食品は一月十六日～一月二十二日の平均価格で販売。

（＊私は価格がいったいいくらなのか調べられなかった）

三．政府の備蓄による冷凍豚肉販売価格を以下のように調整する。

赤肉一五・五元／五〇〇グラム。バラ肉一八・五元／五〇〇グラム。骨付き肉二五・七元／五〇〇グラム。

ある住民から返信があった、「この方策はとてもいいけど、問題は注文したらちゃんと買えるかどうかです」と。

数日前、魚の共同購入があるかどうか尋ねる人がいたが、今日になって管理事務所が鮮魚の共同購入を始めた。私は鮮魚を調理した経験がないので、注文しなかった。

午後、コミュニティ内のスピーカーが鳴り響いた。「コミュニティの住民のみなさん、ご注意ください。街路を走行する消毒車がコミュニティ内で消毒作業を行います。安全のため、ドアと窓をしっかり閉めておいてください」

早速、グループチャットに窓を閉めるよう注意書きがあり、写真付きで衣類の取り込みを忘れないように呼びかけていた。

電力会社の建物からは、今日の午後もまた大音響で音楽が流れ始めた。普段よりいっそう賑やかだった。

フォロワーからのメッセージ

- 毎日の記録ありがとう。目下の武漢では、ごく普通の父娘と一匹の子犬でも、励まされます。
- 武漢だけではなく、全国の物価はゆるやかに上がっています。私は毎度三家族の食料の買い出しに出かけ、それを届けて家に帰るごとに計算しますが、なかなかきついものです。早く疫病が終息するのを願っています。しかし……それも単なる希望的観測に過ぎないかもしれません……いま、こちらではすでに仕事が再開していますが、列をなすタクシーや、満員の通勤送迎バス、野菜市場にいっぱいのお年寄りたちを見ていると、思わず心が震えます。
- そちらのコミュニティはいいですね。私たちのコミュニティは共同購入をさせてくれません。自分たちで始めましたが、それでも他の住民からは命知らずだと言われています。

二月二十五日

解除を考えることは少なくなった

多くの人から、「解除されたら、最初にしたいことは何か?」と聞かれた。大多数の人が火鍋《ひなべ》を食べたいと言うように、私もはじめはそう思った。火鍋はみんなで食べれば雰囲気も盛り上がる。中国人が集まって食事をする習慣があるのは、一度にたくさんの種類を食べることができるからであろう。

しかし、解除された後も、みんなが再び安心して集まるのは、簡単なことではないだろう。

いまの私は解除を考えることは少なくなった。現在の武漢の確定感染者数は三万人以上。解除は遠い先だろうから、考えても無駄だろう。

よく考えると、解除とロックダウンの問題は別物だと思う。

解除は一つの過程であり、ロックダウンのように何の計画性もなくとっさに決めて、翌日にはすぐさま実施、とはならない。一部の都市では新規感染者の増加数がゼロとなり、既存の確定患者数も下がり始めているため、多くの都市では封鎖の程度を緩めている。それなのに、依然として多くの人が簡単に外出しようとはしない。

これはおそらく封鎖の後遺症であろうから、すぐにはなくならない。

そこで、私は考えた。多くの人はきっと最終的にまずためしに外出し、人の少ない通りや広場、公園などを歩いてみたり、スーパーに行って食材などを少し買い、家に帰ってごちそうを作ったりするだろう。一部のレストランも、試験的に営業を始め、最初はテイクアウトだけで、その後、次第に店内で食事を摂《と》ってもらうようになるだろう、と。

昨日の夕食はセロリと肉の炒めもの、お粥。

夕食の後は友人たちとビデオチャット。話題は、それぞれの仕事の経歴について。不動産会社で財務を担当していた人は、会社の人事は女性社員の服装と外見に口を出し、化粧まで注意していたという。それだけでなく、会社は年度のパーティーには必ず礼服で参加することを要求していた。清掃係の年配の女性が礼服がないため欠席しようとしたら、人事から「もしあなたがこの会社の一員ではないと思うなら、参加しないように」と言われた。その女性は大変に困ってしまったが、幸い同僚の一人がスカートを貸してくれたのでどうにかこの難題を解決できた、とか。

このような職場環境の中では、個人は常に集団の決定に従わざるを得ず、拒否する権利はない。

都市計画の会社で以前働いていたという人がいた。政府からの小規模事業を受注することがあるが、その中では社員の能力を発揮する余地はあまりない。彼女は、自分がいてもいなくてもよい、ネジ釘のような存在だと感じ、仕事をすることの価値を見つけられず、ある時泣きながら母親に電話し、「人はどうして働かないといけないの？」と聞いた。母親が彼女に言ったのは、お金を稼いで自分を養うためよ、ということだった。すると、彼女は自分を養うだけなら、何もあの会社に居続けなくていいと考え、退職して福祉の仕事を始めた。

ここ数年、私の周りの同世代の人たちに、長期間失業している人や仕事を頻繁に変える人が多いが、それは自分に合った仕事を見つけるためであり、また仕事の中で自分の価値を発揮したいという思いがあってのことのようである。

ただ、現実は残酷である。もともと若者は社会経験が少ないため、試行錯誤の機会が必要である。ところが、多くの業界がさまざまな監督と制限を受けており、社会に対して理想をしっかり持つ若者が、その理想のために自身の能力を存分に発揮するのはとても難しくなっている。多くの人は生計に追われて、やむを得ず好きでもない仕事をしているが、それでは心の中に葛藤が生まれる。そこから先延ばし症候群や鬱《うつ》病になる人も少なくない。

今日の陽射しはとてもいい。昨日バイクで庭を走っていた父娘と子犬は、今日も庭ではしゃいでいる。女の子のおばあさんも一緒に降りてきた。

女の子の名前は彤彤《トントン》、子犬の名前は小歩《シャオブ》と聞こえた。

彤彤は持ってきた幼児用のキックボードで遊んでいた。しばらくすると祖母に小歩をキックボードに載せてもらって、紐で引いて歩き回っていた。

一階に住む住民がベランダで日向ぼっこをしている。彤彤のおばあさんは窓越しにその家族と話している。「マスクをして広い場所にいるから大丈夫だよ」と。子供を抱いている女性は自分の子供にも、「うちにもキックボードあるよ、マスクをして遊びに行こうか」と言ったが、その子はまだかなり小さい、しゃべることもできない子供なので、女性の話は独り言のようだった。その家族もとうとう外には出てこなかった。

突然、上の階から歌声が聞こえてきた。

中庭には、あちこちに二、三人ずつ固まって雑談する人たち、芝居の歌曲を流している男性がいて、少々にぎやかだったので、階上の人が何を歌っているのかは聞き取れなかった。

コミュニティのスタッフが二人、一階の看板に「防疫告知欄」を貼った。そこにはスタッフそれぞれの担当職責や連絡方法が書いてあり、コミュニティの共産党書記、インターネット管理者、不動産管理担当、警備担当、事務職員、ボランティアなどが出ていた。

今朝、管理事務所のスタッフはグループチャットで体温について報告していた。「一号棟六階二号室　三人、体温正常」。みんなも、次々と自主的に体温を報告した。

キックボードに犬を乗せて引く子供

事務所からの通知もあった。「みなさん、ご注意ください。これから毎日コミュニティで消毒作業を行います。当日、放送による消毒の通知をお聞きになりましたら、ドアと窓をしっかり閉めてください。ご協力ありがとうございます！」。しかし、今日一日、放送は聞こえなかった。

共同購入のセットメニューをグループチャットに送信した人がいたので、みんなが尋ねた。

窓越しに会話する隣人たち

「野菜と果物を注文する人はいますか？」

「必ずコミュニティからの連絡があるのでしょうね？」

「このセットメニューはどう注文すればいいのですか？」

「野菜がなくなったので、お願いできませんか？」

「自分で買い物に出かけてもいいですか？」

「主任さん、事務所の電話番号を教えてくれませんか？」


やがて事務所の主任が電話番号をグループチャットに送信した。

ある住民は、「先週、私たちのところでやっていた共同購入にはすべて電話で注文したが、品切れなのか配達してこないものばかりだった」と言う。

「うちのコミュニティは、共同購入する人が減ってきたから、配達を嫌がっているんだよ。あの人たち、届けるならやっぱり大きな車いっぱいで配達したいんだろう。そうすれば儲《もう》かるから」

「配達してこなかったら、市長のホットラインに訴えてやる」

結局、誰かが一つの共同購入を見つけた。野菜セット、果物セット、肉セットなどがあった。すぐに誰かが共同購入のグループを立ち上げ、みんなはこれに続いて加わった。一〇元の特価の野菜パックの写真を送信する人がいて、「主任さん、コミュニティに政府の野菜特別援助を申し込めますか？」と聞いた。

主任の答え、「もうコミュニティと連絡を取りました。彼らが生産者と連絡するとのことです」。

フォロワーからのメッセージ

- 私も麻辣湯《マーラータン》、串焼き、串揚げを食べたい……。
- 残酷な現実は、永遠に以前に戻れないということ。この都市はきっと荒れ果てて、廃墟となるだろう。
- この前「疫病の終息」をいかに定義するかという議論を見ましたが、たくさんの異なる意見のあることがわかりました。生産活動の回復と言う人もいれば、交通の回復と言う人もいます。さらに二〇二〇年が過ぎて何とか、と言う人もいました。……それぞれ違って、とても面白かったです。

二月二十六日

いつになったら、あの門から出られるのだろう？

コミュニティのグループチャットに今日、「武漢住民提案書」が掲載された。その提案のポイントは二つ。一、コミュニティの共同購入を適当なところで中止し、すぐに必要な食品だけにする。二、ゴミの出る量を減らすこと。これは提案であって、強制命令ではないので、やや進歩した。だがいまのところ共同購入は、コミュニティと不動産管理事務所だけが取り仕切って一括発注しているため、これ以上制限するのは難しい。

提案書は、みんなを説得するためのものでもあったようで、次のように書いてあった。

> 前線の医療従事者が懸命に頑張っていると同時に、後方では黙々と人に知られることもなく、我々の日常生活を支えてくれている人たちもいます。幸せに家にいられる私たちは、最前線で身をもって戦うことができないからには、少なくとも迷惑をかけてはいけません。人にかける迷惑を増やさないこと、これも大きな貢献になります。

何だか不快になった。

武漢にいようといまいと、医療従事者の献身ぶりは見ているし、その人たちのご苦労もわかる。たくさんのボランティア団体も、この医療従事者たちを懸命に支えている。しかし、皮肉なことに、SNSで拡散したのは、広東省から武漢に派遣された第一陣の医療従事者が『ランセット（The Lancet）』[3]に発表した投書が削除されたことである。この投書のタイトルは「中国の医療関係者がCOVID-19と闘う国際援助を求める」（Chinese medical staff request international medical assistance in fighting against COVID-19）。投書は、防護設備の著《いちじる》しい不足や医療従事者の心理的プレッシャーに言及し、彼らは支援のないこと、あせり、不安、それに恐怖を感じていることも語っている。そこで彼らは世界各国の医療従事者に、中国に来て自分たちを助け、ともに疫病と闘ってくれるよう懇願した。

このような投書でさえ、すべて削除されてしまう。

いったい誰が、彼らの苦難を見ようとしていないのだろうか？

3　原注：著名な国際医学誌。二月二十四日の同誌に広東の医療従事者であるYingchun Zeng〔曽迎春〕とYan Zhen〔甄燕〕両氏の投書を掲載したが、間もなく撤回した。理由は作者による撤回の求めである。

現在、医療従事者の感染者数は三三八七人。殉職者は二二人。

いま、やむなく家にいる人たちは「幸運」ではあっても、決して「幸福」ではない。

迷惑をかけない、とはどういうことだろう？

小さなある男の子が、祖父が亡くなって数日たっても外に助けを求めなかった。その男の子は、たしかに迷惑をかけなかった。祖父が浴室で突然倒れ、男の子は二時間も呼び続けたが、ついに息を吹き返さなかった。男の子は、祖父の「外にはウイルスがいるから、出ちゃだめだよ」との言葉をしっかりと守っていた。数日間ビスケットで命をつなぎ、コミュニティのスタッフが訪問調査に訪れてようやくこの悲劇がわかった。[4]

昨日の夕食は冬瓜と肉の炒めもの、お粥。

夜は友人たちとしばらくビデオチャットをしたが、疲れていたので、先に休んだ。

友人たちとのビデオチャットが、間断なくひと月余りも続くとは思ってもいなかった。

これは、封鎖中の特別なパートナーである。

昨夜九時頃から降り出した雨は数時間も続き、陽射しをさえぎる庇《ひさし》を激しく打つ雨の音がやむことなく響いていた。

夢を見た。細かいことは忘れたが、人が大勢いたことだけ覚えている。朝、頭の中がぼんやりする中、頑張って起きようとしたが、夢の中の人たちにも心が残っており、起き上がりがたかった。

朝八時にやっと目が覚めた。外の雨はやんだが空は曇っている。芝居の歌曲を聴く男性はもう中庭を散歩している。その根気強さに敬服する。

午前中、グループチャットに管理会社からの連絡があった。「みなさん、こんにちは。最近、果物、野菜、肉類の需要があることに気づきましたので、今日はひとまず果物のリストをお送りしますのでご覧ください。ご希望があれば午後一時までに注文し、夕方までにはコミュニティに配達してもらうようにします」。果物の種類はとても多く、一種類ごとのセットで、どれも五〇元。みかん、富士リンゴ、クラウン梨、オレンジ、甘夏みかん

4　原注：この事件は二月二十四日に湖北省十堰《じゅうえん》市で発生した。財経関係のブロガー「獣爺」が、コミュニティの書記に確認した後、自分のＳＮＳアカウントを通して公表した。

など。

そこですぐに果物の共同購入を始める人がいた。

「みんなが好きなように果物を選んだら、家族ごとでバラバラになって、売る方がわからなくなります。みんながよければ、欲しいと思う果物をセットにして、価格を決めて、グループを結成しましょう」

管理会社の主任は、「こちらが少々面倒でも構いません。なるべくみなさんのご希望にお応えします」と回答。しばらくして、再び主任からのメッセージがあった。「いま義援物資が少し届いております。早めに事務所に受け取りに来てください」。

「主任さん、どんな物資ですか？」と聞く人がいた。今度は返事がなかった。

中庭に降りて少し散歩がしたかったので、すぐに物資を受け取りにいった。春雨だった。受け取ってから写真を撮ってグループチャットに投稿した。パジャマ姿の人が降りてきて、春雨を取りに来た。コミュニティの外から帰って来た人がいる。その人を見て、とてもうらやましく思った。

いつになったら、私はあの門から出られるのだろう？

午後、二日前に共同購入で注文した魚が届いた。

二時過ぎ、管理会社からみんなの元に、野菜のセット一つと、肉のセット一つの共同購入のお知らせが来た。二つはある住民が昨日送信したもので、多くの人が既にグループを通して注文していた。

するとT、「主任さん、最初の予約はキャンセルされたの？」という質問が出た。主任は「みなさんが先に注文したことを私は知りませんでした」と。みんなは仕方なく、もう一度グループを組み直した。

主任は、「私たちのコミュニティの予約注文は三〇ユニット以上が必要で、それに達しないと、別のグループと合併するのを待つしかありません」と言った。

みんなは少し焦った。グループの注文リストを細かくチェックしている住民が、登録しなかった住民を発見し、「まだ注文していない方、続いて手続きをしてください」と注意する。とうとう三〇ユニットの目標を達成した。しかし主任からは、「もうリストをコミュニティに送りましたが、こちらで得た情報では、取引先が変わるかもしれず、とにかく日によって状況が違います。後でコミュニティに取引先のセットメニューが送られてきましたら、また転送します」との返事だった。

今日の共同購入の注文は、うまくいくだろうか。

ある人が提案した。「主任が送信する時は『@全員』でお願いします。そうしないと、年配の方は必ずしも情報を見るとは限りません」。この人は、ご丁寧にも全員宛のメッセージを送信するステップをグループチャットに送信した。

「家であまったタバコを持っている方いますか？　一箱二〇元以下のものでいいですし、一カートン以内であれば構いません」と尋ねる人もいた。すぐにグループチャットのＱＲコードを送信した人がいて、「タバコはここで売っています。配達の時に接触しないように！」と。

またある人が「イーストパウダーをお持ちの方、数袋譲っていただけないでしょうか？」と聞いたが、反応はなかった。

以前果物のグループ購入を仕切った女性は、顔の広い人のようであった。

彼女は、数日前父親から果物が一箱送られてきたので、ひと月は充分持つという。果物の注文用グループチャットに品物リストを送信し、買う人がいないか尋ねた。中にはザーサイ、調味料、黄ニラ、にんにくの芽、玉ねぎ、サヤエンドウ、牛肉とエビの肉ボールが含まれている。彼女は、「ロックダウンの初日、私はスーパーで一キロの乾麺を一〇箱買ったの。家族が多いので、調味料もまとめ買いよ」とのこと。

いま思えば、彼女は本当に先見の明があった。

フォロワーからのメッセージ

いまは毎日どんな食べ物を買うか、何が買えるのかばかり考えているのでは？

ハハハ、ビデオチャットして一か月、毎日三時間、このグループのメンバーはもうすぐ話すことのなくなった老夫婦になりそうだ。

二月二十七日

すべては昨日と同じ

すべては昨日と同じ、
明日もまた同じだろう、
亡くなった人がいる、
犠牲になっている人がいる、
声を上げている人がいる、
デマを打ち消している人がいる、
投機に走る人がいる、
大通りを清掃する人がいる、
共同購入をする人がいる、
商品を配達する人がいる、
外出しない人がいる、
散歩している人がいる、
家で横になる人がいる、

仕事に復帰した人がいる、
ＤＶを受ける人がいる、
長年家事をする人がいる。

フォロワーからのメッセージ

- 今日は言葉が少なくなりましたね。
- 疲れたら立ち止まりましょう。こんな少ない文字、慣れません。お元気かどうかを心配しています。
- 郭晶さん、詩を書き始めましたね。

第十章

声を上げよう

二月二十八日

繰り返しは人をうんざりさせる

疫病が蔓延する中、家庭内暴力も表面化している。封鎖は、被害者が助けを求めることをより難しくし、家庭内暴力に反対する支援活動の困難さも増している。

深圳《しんせん》に住む女の子が、前のボーイフレンドに頭をつかまれ、壁にぶつけられるという暴力を受けた。彼女は勇敢にも二月十九日に逃げ出した後、警察に通報した。傷を確認するために病院に行かざるを得ず、さらに新型コロナウイルスの検査も受けた。

女の子は、暴力を振るった男の責任追及を望んだが、残念なことに、調停員から「彼はいい仕事についており、あなたがそんなことをすると彼をつぶすことになる」と言われた。

二月二十六日、女の子は自身の経験をネットに公開し、「これで何かが変わることを願います。これは私個人だけの問題ではありません」と書き込んだ。彼女の微博《ウェイボー》は一〇万人余りによって拡散された。

二月二十七日、深圳市公安局南山分局は正式な通知を発布し、史某なる男性に対して五日間の拘留と罰金二〇〇元の処罰を与えた。さらに調停員の表現についても、警察は規範行為に合わないとして教育を命じ、当事者に対して謝罪した。残念ながら、この通知からはこれが家庭内暴力事件であるようには見えなかった。

私も、何度か家庭内暴力関連で助けを求める声に接した。

何人かの被害者は、疫病の蔓延で学校に行けなくなった中高生や大学生だった。彼らは毎日、両親の口喧嘩《くちげんか》と暴力に途方に暮れていた。たとえ難しい環境にあったとしても、被害者たちは助けを求めてきている。それなら私たちも、できる限り彼女たちに支援する姿勢を見せなければならない。みんなと何ができるか議論し勉強するために、私は友達に連絡してオンライン講座を開いてもらった。彼女は二十年以上、性暴力の防止に対応してきた経験を持っていた。

昨日の午前、外から車が入ってきた。乗っていたのは全員清掃作業員であった。彼らは降りると噴霧器を背負い、分かれて各建物の中に入って消毒を始めた。それを写真に収める人もいた。

コミュニティの中庭で一匹の真っ黒な猫が辺りかまわず走り回っている。中庭には人影はなく、男性が一人タバコを吸っている。

コミュニティの入口に行って宅配便を受け取った人がいた。卵一パックと、冷たい紅茶の段ボール箱が一つ。何が入っているかはわからなかった。

一人で中庭をジョギングする人もいた。

午後、共同購入の果物が届いた。

私の注文分は四キロのみかん、五〇元。みな、管理会社を通して共同購入した果物は品質がとても良いと言って感謝した。家でフライドチキンを作った人がいて、写真をグループチャットに投稿した。外側が焦《こ》げて中は柔《やわ》らかく、コショウがかけてあった。みんな食べてみたくて仕方なかった。

昨日の夕食はキャベツと肉の炒めもの、お粥。

夜、管理会社のスタッフから連絡があった。「みなさん、熱乾麺《ルオガンミエン》は必要ですか？　二キロで一八元。必要な方はいますぐご登録ください。前回胡麻《ごま》ソースを買われなかった方で、今回必要な方はいますか？」。さっそく欲しいという人が何人もいた。

前回の共同購入では、熱乾麺は小麦粉とセットだったので私は買わなかったが、今回はすぐに登録した。

友人たちに、作り方を習って熱乾麺を作ってみようと思うが、胡麻ソースと唐辛子しかない、と言ったら、湖北のある友人から、「熱乾麺にネギと胡麻油がなかったら魂《たましい》が入っていないのと同じよ」と言われた。例の顔の広い女性から、酢一本とザーサイ〇・五キロを買った。「急ぎません。次に下に食品を受け取りに行く時に渡してくだされば結構です」と言ったが、彼女はとても熱心で、「主人がいまから降りていくので、お宅のドアのところに置いておきます」と。受け渡しの方法を話し合う間もなくご主人がやってきたので、すぐにドアを開けた。ご主人はマスクをしており、物を渡すとさっと立ち去っていった。

ここ数日はずっと曇り空で、今日は雨も降ったため、下に降りなかった。気温が下がったので、再びエアコンをつけた。

コミュニティのグループチャットに、時おり癒《いや》しや励ましを趣旨とする美しい文章の投稿があったが、誰も反応していなかった。

朝、誰かが動画を送信した。内容はどこかのコミュニティのもので、入口あたりに何人かずつがあちこちに集まって話をしている。みなマスクを着用しているが、送信した人は、コミュニティの人はこの状況をなぜ放っておくのかと言う。

すると、「こういう内容のものは、別に拡散しなくていいです。家に閉じ込められている私たちも、見ていていい気がするわけがありません。この動画の人たちが協力しないなら、必ず公安局のお世話になりますから！」と言う人がいた。

別の人は「ここは生活物資に関する情報を書き込むところです。その他の関係ないものは、ご自身の友人のグループチャットでやってください」と言う。

さらには、「確かにこのグループチャットに動画はあまり送らない方がいい。そうでないと共同購入と料金の受け取りの情報が埋もれてしまう」という意見も出た。

閉じ込められ、日々の生活にも何の変化もない。このことが私を落ち着かなくしている。

繰り返しは、人をうんざりさせる。しかし変えることも難しい。変えるには、私たち自身が慣れた行動様式をよく省《かえり》みて、居心地のいいところから出て、通常の規則を破ることを試みる必要がある。

今日は何人かが、「注文した野菜について、お知らせはありましたか」と聞いていた。

その都度、事務所の主任は「取引先の在庫確認の電話を待っています」と繰り返した。

一つ一九九元のオーストラリア産牛すね肉を共同購入したことを書き込んだ人がいた。上には「順豊《シュンフォン》直送」と記されていた。彼女は一昨日注文したものが、今日到着したのだと言った。彼女はさらにグループチャットで、「三号棟の方で、たまり醤油があったら一本譲っていただけませんか。牛肉を煮込む醤油がなくなってしまったんです」と尋ねていた。

ある住民が「主任さん、お米の共同購入はありますか？」と聞くと、主任は「ありません」と答えていた。

フォロワーからのメッセージ

- あなたが真面目に食事（カップ麺ではなく）をし、真剣に運動をしているのを見ると、本当に素晴らしいと思います。〔ネット上で公開された日記には毎日の食事の写真が掲載されている〕
- ご自身を大切に！
- ロックダウンがこんなにも長くなってしまい、牛肉が食べたいとよく思う。

二月二十九日

懸命に声を上げている人のことを書きたい

住民のグループチャットの癒しと励まし系の美しい文章は、それっきり投稿されなくなった。

そういった文章には一向に興味がなかったが、思うに、わざわざ投稿する人からすると、こうした文章を送り続けることそのものが、心理的な慰《なぐさ》めの効果となっているのであろう。それをしなくなって、彼らはいま、いったい何によって自分を支えているのだろう。

巨大な災難を前にして、人々の信仰も大きな試練に直面している。無神論者は救世主が苦しんでいる人を救ってくれることを期待するようになり、神を信じていた者は、こういう時になると逆に救世主の存在を疑い始める。

私は無神論者であるが、救世主には期待していない。けれど自分がいかに取るに足らない存在なのかもよくわかっている。それでも何かを変えるために、微力ながら力を捧げることができればと願っている。

今日は、懸命に声を上げている人たちのことを話してみよう。

以前、ネットで専門のＷＥＢサイト「記録されなかったＴＡ[1]〔彼・彼女〕たち」を見た。新型コロナウイルスに関して、データに未登録の疫病の発生と蔓延の通報、未確定の患者、疑似死とされる人の事案を収集し、そのことで亡くなった人をしっかりと記録している。

この仕事に従事しているボランティアたちは、声を出せなかった人のために声を上げてきたが、ＴＡたち自身も声を出せなかった人たちだといえる。

疫病蔓延期間に、削除された情報はとても多い。ＴＡたちは記録したくてもそう簡単にはいかず、微博への投稿もアップ後すぐに削除されてしまう。ＴＡたちはそのような中でも粘り強く事案の収集にあたってきた。私はＴＡたちと少し話してみた。ＴＡたちの継続した仕事も、記録されるに値するからである。

このＷＥＢサイトを運営しているグループは、社会の発展に関心を持つ若い人たちである。不公平な社会の現実に憤慨し、時に何かをしたいと考えているが、自分に何ができるのかがよくわからず、しばしば無力感を覚えている。幸いにＴＡたちは互いに出会い、一緒に集まって一つのことを始めることができた。肺炎の発生以来、ＴＡたちは議論して、何かできそうだと考え、このプログラムを立ち上げた。

1　現代中国語では彼は「他」、彼女は「她」と表記するが、両語の発音はともに「ｔａ（タ）」であることから、英語における男女の三人称を分けずに「ｔｈｅｙ」とすることがあるのに倣って、「ＴＡ」を共通の呼称とした。

以下は、私とあるボランティアとの対話である。

私：今回の肺炎であなたはどのような影響を受けましたか？

ボランティア：幸いだったのは、私と周りの人には感染者が出ていないことです。しかしこの肺炎の影響は非常に大きく、封鎖は強制的な措置で、すべての人々をアトム化〔前出〕させ、私たちに無力感と絶望感を抱かせ、どのように助けを求めればよいかわからなくさせました。また、一方ではそうした助けを求める絶望的な声を聞いて、逆にすべてが終わったら人々はこれらを忘れてしまうのではないかと、とても恐れています。そこで、いままで私たちがやってきたように、一定の形や方法を見つけて、何とかしてみなさんに記憶していて欲しいと思います。これも私が個人としてこのプログラムに参加した理由の一つです。とにかく行動したいという気持ちが非常に強いのです。

私：このプログラムを始めてから、あなた自身に何か変化はありましたか？

ボランティア：実はあまり大きな変化はありません。特に助けを求める情報を整理するたびに、大声を出して泣きたい気持ちになります。しかも私自身、このような細かい仕事をする中で、ともすれば彼らのことをただの一つの情報、一つの資料として扱ってしまって、この方々の家族が懸命に生きようとする様子が自分に見えなくなったり、忘れてしまったりするのを恐れています。また、自身が無感覚になり、それを瑣末《さまつ》な仕事とみなしてしまうことを恐れています。幸い、まだそうはなっていません。ただ行動を起こすだけでは、状況を改善できないことに気づきました。行動は自己救済ではなく、何も変えられないこともあるかもしれません。それでも私たちは行動することが必要です。カミュがかつて言ったように、シーシュポス[2]は成功する見込みこそありませんでしたが、彼は永遠に諦めませんでした。私が大変嬉しく思うのは、仲間がいることです。より広い仲間との連携は何かを変えるきっかけになるのだと思います。

私：情報を収集をしている間に、感情的な問題が出てきたらどう対処していますか。

2 ギリシャ神話に登場する男。シジフォスともいう。生前の数々の所業によりゼウスの怒りを買い、冥府において大きな石を山の上に押し上げ続けなくてはならないという罰を受ける。石は山頂に達しかけると下に転がり落ちるため、永遠にこの行為を繰り返すことになる。フランスの小説家のアルベール・カミュは『シーシュポスの神話』というエッセイを書き、その中でシーシュポスのこの行為は岩に象徴される自らの運命をしっかりと掌握しているので、無益でも悲惨でもなく、その中に人間の存在の幸福を見ようとした。

ボランティア：私たちにはそれほど厳密な解決方法はないようです。ずっと人手不足なので……。みんなこういった問題について議論したことさえありません。わざと避けているわけではないと思いますが、個人的に言えば、特別に対処しようとは考えていません。感情というものは真実であり、私に活動を続けさせてくれる原動力です。幸い私は猫を飼っていますので、猫たちを見ると、自分はまだやっていけるという気持ちが湧いてきます。

私：あなたの一番印象に残っている事案はどのようなものですか。

（彼は私に林君さんという方の事案を送ってくれた。林さんは武漢市中心医院の南京路園区入口で売店を開く店主で、ある医師が林さんを追想する文章を書いた。それによると、病院のスタッフが普段よく林さんに水を配達してもらったり、郵便物などを受け取ってもらったりしていた。スタッフたちはお金を持ち合わせていないので、彼の店で水を取ったり、ビスケットを取って食べたりして、不定期に支払っていたが、双方とも金額をはっきり憶えていないので、いつも話し合って適当な金額を払っていた。林さんが感染した時はベッドが足りず、その用意を待っている間に亡くなった）

ボランティア：多くの事案は、この場合と違って（微博で）助けを求めるものだったり、救助の過程（がメディアに報道されること）だったりでしたが、この事案は、亡くなっていくのは人間なんだ、ということを痛切に感じさせてくれました。死はすべての人に起こりうることで、私たちの身近にある店の店主だったかもしれない。

私にとって、最大の衝撃でした。

このボランティアはすでに仕事に復帰しているが、いまは在宅での仕事で、毎日一時間ほど関連情報の収集と計画を立てている。このプログラムのボランティアの人数は多くないが、現在までに一三〇以上の事案を収集している。興味のある方は、ＴＡたちに注目してください。

昨日の夕食はセロリと肉の炒めもの、お粥。

夜、事務所の主任から、一〇キロ入りのお米が二〇袋入荷したので、明日受け取ることができますが、先着順です、との連絡が入った。家にはまだ二〇キロ余りあり、一人でそんなに多くは食べきれないので買わなかった。

今日は晴れてきた。空は淡い藍色で、気温はさほど上がらず、まだ少し肌寒い。一階に降りて歩いてみた。午前十一時過ぎ、お米が届いた。

お米を取りに降りてきた人。犬の散歩をする人。

今日は中庭に三匹の白い小さな犬がいた。そのうちの二匹が交尾しようとしたが、片方の飼い主が気まずくなり、解いていたリードをまた犬の首に付けた。もう一匹の白い犬は、飼い主がその場にいなかったので、執拗にリードで引っ張られているほうの犬を追いかけ、引っ張られている犬も懸命に振りほどこうとしていた。

午後、胡麻ソースと熱乾麺が届いた。みんなが何日も叫んでいた野菜と肉のセットも到着した。五〇元の野菜セットには、セロリ、レタス、ナス、グリーンピースが入っていた。グリーンピースは調理したことがないので、新しく料理法を覚えなくてはならない。

あの顔の広い女性が、グループチャットに広告を出した。

現物取引　酢　七元／瓶
現物取引　塩　四元／袋
現物取引　卵　二五元／三〇個
現物取引　うどん　一〇元／一キロ
現物取引　カスタード饅頭《まんとう》　一三元／袋（一二個入）

一号棟、各階のエレベーター前で受け渡します。
二、三号棟、駐車場で受け渡します。

（距離を保ってください!!!）

フォロワーからのメッセージ

・思っていることをありのままに言うことができる人たちを心から尊敬します。
・この二日間、ちょうど『シーシュポスの神話』を読んでいたところです。あなたの日記を読み、本当に奇遇だと感じました。このでたらめな世界は、多くの人を同じようにしてきたのかもしれません。
・熱乾麺に期待します。
・顔の広い女性はすごい。

三月一日

すべては音もなく起きた

昨日、湖北省にいる友人から、お母さんが小さい頃からよく知る友人が、肺炎で十三日間隔離された後飛び降り自殺をし、その直後に荼毘《だび》に付されたが、家族には何の知らせもなかった、という話を聞いた。

この情報は、友人の叔父さんが公安部門から聞いたものだが、亡くなった方の家族はいまも知らされていないという。友人のお母さんもこれが本当のことだとは信じられず、どうしてよいかわからず親しい友人に伝えたのだという。

これらのすべてが、いかにして音もなく起きてしまったのか、わからない。

彼女は隔離された後、外部と連絡が取れなくなったのだろうか？

彼女の死は、どのようにして隠し通されていくのだろうか？

解除された後に、ご家族が彼女を探した時、政府はどのように答えるのだろうか？

解除された後に、いったいどれだけの人が、隔離されていた自分の家族がいなくなってしまったことを知るのだろうか？

友人は問いかけた。

「果たしてウイルスが残忍なのか、それとも人間が残忍なのか」……。

（未完）

＊本書は二〇二〇年三月に台湾・聯経《れんけい》出版から刊行された原著を翻訳したもの。武漢のロックダウンは同年四月八日午前零時に解除された。著者がネット上に公開した「日記」はロックダウン解除までの全期間書き綴られており、現在もネットで読むことができる。

https://matters.news/@GuoJing〔中国語サイト〕

後記

一縷《いちる》の希望をつなぐように、最後の一つの唐辛子を取っておく

生存に関わる恐怖

一月二十三日、武漢がロックダウンされ、続いて湖北省全体、さらには全国が封鎖状態に置かれました。

二月中旬、武漢ではコミュニティも全面封鎖となり、食品を買うためには、管理会社かコミュニティにすべて頼ることとなりました。

食べることが人々の第一の大事となったのは、生存の根本に関わるからです。ロックダウンの数日前には、スーパーの米や乾麺の棚は基本的にすべて空になっており、野菜や肉類もかなり乏しくなっていました。

新しい年を迎えようとする時、人々はあらかじめ正月用品を準備します。新鮮な野菜、鶏肉、鴨《かも》肉〔アヒル〕、魚、各種の乾物、飲み物など、あれもこれもと取り揃えます。今

回ロックダウンされた時期は、ちょうど春節の二日前であり、ロックダウンの知らせが出るや、人々はスーパーに押しかけ、長い列に並んで食品を買い求めました。恐怖だったからです。ロックダウンのニュースは夜明け前に出され、政府は社会に対して、どのようにして人々の生活を保障しようとしているのかを説明しませんでした。人々は反応する間もなく、封鎖がどれほど長いのかもわからず、ただただ急いで食料を備蓄しようとするだけでした。

その日の朝、目を醒《さ》ますと、友人がグループチャットに「武漢がロックダウンした」と書き込んだのを見ました。友人たちは私が武漢にいることを知っており、私に早く食料を備蓄するように促《うなが》し、お米や乾麺、ザーサイなどの保存しやすい食品を備蓄するように提案してくれました。水餃子は長くもつと言う人もいれば、水餃子は高いし、そんなに食べられないと反駁《はんばく》する人もいました。私は驚いたまま外に出て、他の人と同じようにスーパーに行って、命を救うための食料を買い求めて備蓄しました。

封鎖された日々の三度の食事

私は普段食事を作るにあたっては簡便を旨とし、主食は少ししか食べません。朝はいつも簡単なもので、トウモロコシを茹《ゆ》でたり、水餃子を煮たり、あるいは果物を少し食べるだけです。昼は麺、夜は野菜を炒めて食べれば、それでおしまいです。仕事が忙しかったり、作るのが面倒だったりすると、宅配での出前を頼んだりもします。暇《ひま》な時には、自分のためにごちそうを作ったり、新しい料理法を勉強したりしますが、それは一種の楽しみです。

ロックダウンの後、一日三食は生活に欠くことのできないものとなり、決まりきったルーティンワークとなってしまいました。食事を作ることと食べることの楽しみは大きく低下しました。にもかかわらず、不思議なことに、一日三食をより大事にするようになりました。

食べるのは主にお粥でしたが、しっかり主食を食べるようになりました。毎日必ず自分で食事を作り、面倒に思うこともありませんでした。しかも食事を作る時間は長くなり、それが一日に一、二時間だとしても私には長いと感じられました。

ロックダウンの当日に小麦粉を買っていたので、時間があれば煎蛋餅《ジェンダンビン》〔前出〕を作ろうと思っていました。それなのに、ロックダウンから一か月あまりたってから、ようやく小麦粉の袋を開けてこの料理を作りました。

友人は、弟の奥さんは六、七人の家族全員の食事に責任を持ち、しかもできるだけ毎日重複しないようにしているのだと言います。中国の料理の作り方は複雑で、多くの時間がかかります。一回の食事を終えると、またすぐに次の料理の準備を始めなければなりません。これは大変な仕事量ですし、簡単なことではありません。しかし、一般的には女性の仕事であるとして常々軽視されており、男性はたまに料理をするだけで称賛されます。

制限された選択

コミュニティの封鎖管理が実施されるようになると、仕事上の必要がない限り、すべての人がコミュニティから出られなくなったため、管理会社かコミュニティを通しての共同購入しかできなくなりました。共同購入のセットメニューはみなスーパーが組んだもので、注文の際にはいつも二つのセットメニューがありましたが、Aセットを選ぼうがBセットを選ぼうが、結局みんなが手にするのは同じ組み合わせになってしまいます。

私たちにはもはや食べ物を選ぶ権利はなく、手にできたものを食べるだけになってしまいました。

私は普段は少し偏食で、にんじん、白菜、キャベツはそれほど好きではありません。自分では進んでそれらを買ってくることもなければ、それらを使って料理をすることもありませんでした。ところが面白いことに、私の偏食という欠点はこの間に少し改善され、これらの野菜を食べるにも、いつもの苦痛はありませんでした。

私の偏食は、おそらく貧しい生活からの逃避だったのでしょう。

小さかった頃、冬は口にできる野菜の種類が少なく、主に大根、白菜、じゃがいも、玉ねぎでした。じゃがいもでさえかなり珍しかったと思います。それに比べ、現在の私の生活状況はとても良くなりました。もはや毎日同じ野菜を食べる必要はなく、自分が好きなものを選んで食べられるので、当然嫌いなものを買うこともありません。

今回、コミュニティが封鎖されてから、買い物をするのに選択ができなくなり、私はこれまで買ったことのない、たとえば熱乾麺《ルオガンミエン》やサヤ付きのグリーンピースなどを買いました。そこで、私は初めて熱乾麺を作ることを学び、調味料に足りないものはあったものの、自分としては完成した料理の味は良かったと思います。ただ、胡麻《ごま》ダレの調合を十分理解していなかったので、薄過ぎたり、濃過ぎたりしました。私が買ったグリーンピースは熟《う》れすぎていて、サヤの中の豆が大豆のような大きさになっていました。最初に作った時は、サヤ付きのままグリーンピースを炒めたので、噛んでみると筋があってサトウキビのようでしたが、二回目には中の豆だけを炒めました。後になって、フォロワーがグリーンピースはもともと中の豆だけを食べるのだと教えてくれました。途中にこのようなちょっとしたエピソードはありましたが、作ったことのない料理を作ったことで、達成感がありました。

ロックダウンの中で私の偏食は改善されましたが、習慣はどうしても変えられず、辛《から》いものがないと食べても嬉しくないという嗜好《しこう》は捨てることはできませんでした。ロックダウンは二か月足らずだったのに、「老干媽香辣醬《ラオガンマアシャンラージャン》」を二瓶、「川南油辣子《チュアンナンヨウラーヅ》」を一瓶、「香辣《シャンラー》香菇醬《シャンクウジャン》」を一瓶、「香辣牛肉醬《シャンラーニウロウジャン》」を一瓶、すべて使い切ってしまいました。コミュニティが封鎖された後、管理会社の共同購入の主たる内容は野菜と肉でしたが、ある時、生活用品の共同購入があり、そこに調味料が入っていたので、私は「老干媽香辣醬」を五瓶も買いました。当時は買い過ぎたのではと心配しましたが、いま考えると、決して多くはありませんでした。

食べるためには自分で解決し準備する

この期間、私にとって最も印象深かったことは、三キロのお肉を初めて自分で処理したことです。

共同購入で買ったお肉は、解凍を繰り返すと、鮮度も栄養分も落ちてしまうにちがいないので、毎回の食事に一つずつ使うのに便利なように、大きなお肉の塊《かたまり》を小分けにする必要がありました。お肉を切る時は、ただでさえ脂《あぶら》があってよく滑るのに、わが家の包丁はなまくらで、刃の中ほどに欠けた部分もあり、たっぷり半時間もかかってやっと切り分けることができました。お肉をたくさん切りすぎた結果、その晩はまったくお肉を食べる気になりませんでした。

人間の、社会に対する依存度はこれほど強いのです。いつもならお肉を買う時は露天の肉屋さんに行ってその場で切り分けてもらい、料理に合わせて薄切りや細切り、お団子などにしてもらっていました。ところが、いまはこうした仕事も、誰もが自分でしなければなりません。

「食べないで、どうやって時間を過ごすの？」

ロックダウンの後、仕事をストップさせられた人が多く、時間の使い方が単調になりました。そこで、「食べる」ことが、人々の時間消費の大切な手段になりました。隣の部屋の人は「食べないで、どうやって時間を過ごすの？」と言います。ある人は、することもなく退屈なので、家で料理の勉強を始めました。私の友だちは「花巻《ホアジュアン》」[1]を蒸すことをマスターし、他にも「鍋盔《グオグイ》」〔前出〕を作ったり、キャラメルミルクティーを作ったりすることにも成功しました。彼女は、いろんな道具を使い回し、キャラメル作りには小さな鉄のスプーンが最適だと言っています。

早起きをして仕事に出かけなくても良くなったので、三度の食事を二度にした人がいます。お隣の人はいま、食事は一日二回だけ、朝九時か十時頃に起きてから食事をして、午後五時頃にもう一度食べるのだそうです。

人々の中には、ロックダウンの状況下でも普段通りとても周到で、損な目には遭うまい

1　中華料理の点心の一種。小麦を使った蒸しパンのようなもの。ほんのり甘く、やわらかな食感がある。

と考える人もいます。コミュニティのグループチャットの中で、ある人は「魚の共同購入はありますか」と言い、ある人は「バラ肉はありますか」と言い、またある人は「ネギ、生姜《しょうが》、にんにくはありますか」などと言います。調味料を共同購入しようとした時には、特定の銘柄を注記する人もいました。

もちろん「食べることのできない」人も出始めました。私が清掃の仕事をする年配の女性と話をしていた時、自分たちが買う野菜は主に紅菜苔《こうさいたい》〔前出〕、にんじん、大根のように安いものばかり、と言っていました。お隣の人も、グループチャットの中で「最近、わが家ではにんにくや生姜は食べたことがない、高くなった」と書き込んでいました。

ロックダウンの中の私たち

人々は欠乏することを心配する一方で、備蓄することが浪費になるのではないかと心配しています。

コミュニティが封鎖される前、私は外出して食品を買い出しに行き、少しばかりの唐辛子を買いました。封鎖後は、買い物も制限を受け、私も選んで買うことはできなくなりました。唐辛子はだんだんと使い終わりそうになり、私は最後の一つを取っておくことにしました。それは一縷の希望を残しておくような思いからです。

管理会社の食物と物資の共同購入は時期が固定されていなかったので、できるだけ毎回参加するようにしました。

私は独り暮らしなので、たくさん野菜を買っても傷みがちで、にんじんやじゃがいもならかなり長持ちするだろうと思い、少し多めに買うことにしていましたが、注意していないとやはり傷んでしまい、最後には捨てざるを得ませんでした。

食料が管理されているだけでなく、野菜の値段も私たちは決めることができません。商売をする人たちはこの機に乗じて価格を釣り上げましたが、みんなこの頃には仕事がなくなり、収入のなくなった人たちもいたので、こうした行為には不満が高まりました。焦燥感と自己保全から、顔の広い人はひそかに野菜を売るルートを探し始め、その後、みんなはさまざまなグループチャットで街角の情報を拡散させました。人々はこのようにしてひそかに野菜を購入する道を切り開きました。

孝感《こうかん》の応城《おうじょう》市の海山《かいさん》コミュニティの住民たちは、不動産管理業者が統一して配送する野菜の価格が高いことを嫌い、自分たちで直接農家と連絡して野菜を買おうとしましたが、業者が警察に通報した結果、三月十二日、住民たちは新型コロナウイルスの恐怖にめげず、コミュニティのバスケットコートに集まり抗議をしました。

コミュニティが封鎖されて幾日もしないうちに、各地の地方政府は野菜の規範価格を通知し、「愛心菜」「恵民菜」「平価肉」〔普段の価格の肉〕などを推進しました。しかし、本当に受け取ることができるのか、いつ受け取れるのかは、運に任せるしかありませんでした。私たちのコミュニティは、三月六日になってようやく第一回の「恵民菜」を一〇元で受け取りました。

私たちは封鎖されてから、食物がどうやって来たのか、またどのように作られているのか、どのようにして運ばれて来るのかも含めて知りませんでした。

三月十一日、ある人が暴露したところによると、あるコミュニティでは「平価肉」がゴミ収集車で運ばれてきたといいます〔ネット上で公開された日記には写真がある〕。私は映画の『スノーピアサー』[2]〔Snowpiercer〕の中で、列車の最後尾に乗る人が食べるタンパク質の肉の塊がゴキブリで作られているのに、彼らは自分が食べているのが何かを知らなかったという話を思い出しました。

私たちが共同購入したもの、あるいは受け取った野菜の大部分があまり新鮮ではなかったことも、避けられなかったことなのでしょう。

三月十五日、私は自分で「餓了麼《ウーラマ》」を通して野菜を買い、夜にステムレタスと肉の炒めものを作りました。
ステムレタスを口にした瞬間、たちまち幸せな気持ちが芽生えました。
久しく味わうことのなかった、新鮮で柔らかなものでした。

2 二〇一三年のアメリカのSFアクション・スリラー映画。時は二〇三一年、温暖化を食い止めるために散布された薬剤によって世界は寒冷化が極度に進み、生き残った人類は、極寒の雪と氷の中で永久機関によって動き続ける列車「スノーピアサー」（走る箱舟）の内部で暮らし続ける。前方車両にはすべてを支配する富裕層が住み、最後尾には奴隷扱いを受ける貧困階層が閉じ込められ、列車を動かす部品として富裕層に仕える。このことに気づいた主人公は、仲間とともに反乱に立ち上がる。

訳者あとがき

二〇二〇年の年初、誰がこのような年になることを予測しただろう。

中国湖北省武漢市に始まった新型コロナウイルスの蔓延《まんえん》は、当初の楽観的な予想をはるかに超えて、中国国内はもとより、瞬《またた》く間に全世界に波及した。これによって世界のいたるところで人々の生命と生活が脅《おびや》かされ、社会活動はあらゆる面で測り知れぬほどの甚大な影響を蒙《こうむ》っている。かつての日々が希望に満ちた幸福な時間ばかりであったわけではない。それにもかかわらず、可視できぬ新種のコロナウイルスに感染するリスクに怯《おび》え身を竦《すく》めて暮らす昨今より、はるかに良かったとさえ思えるのではないか。誰もが一日も早く平穏な日常を取り戻したいと切に願っている。しかし、残念ながら、いまもその苦難の只中にあり、終息は現時点では見出せていない。

こうした非常事態を迎えたとき、その衝撃をより強くより厳しく受けるのは、世界のどこにおいても社会的弱者と言われる人々や集団である。この時、社会のひずみは、体制の如何《いかん》を問わず、その弱い部分に端的に現れる。もし災い転じてというのであれば、この機会にそうした社会問題に少しでも前進の見られることが望まれるのであるが、誰もが自らの身辺を守ることに精一杯になっている中では、社会的配慮がより行き届きにくくなっているのも現実のようである。

武漢における「都市封鎖」、いわゆるロックダウンは、一月二十三日十時、何の前触れもなく突如始まった。本書『武漢封城日記』は、それ以来の日々の生活を記した日記である。著者の郭晶さんは、一九九〇年生まれ、大学で社会学を学び、卒業後は自身のある体験からソーシャルワーカーとしてフェミニズム運動に身を投じ、女性差別や家庭内暴力の問題の処理に尽力してきた女性である。そこで、この『日記』には、ロックダウンの日々の自らの生活の記述を核にして、そうした視点から、同世代の仲間とのビデオチャットでのやり取りを始めとして、同じコミュニティの住民、近隣の商店主、清掃作業員、建設作業員、宅配業者らの声を掬《すく》い上げている。その結果として、都市封鎖という異常事態の中での中国の庶民が直面する社会問題が巧《たく》まずして描き出されていく。『日記』はインターネットのブログで日々公開され、フォロワーからの反響も大きかった。

武漢は、長江中流域に位置する一大都会である。面積は東京都の四倍弱もあり、人口は一一〇〇万人余り、これはほぼ東京都に匹敵する。したがって、この当時、武漢で同じくロックダウンを身をもって体験したとしても、住む地域、年齢、性別、職業、経歴などによって、その見方には大きな偏差があることは避けがたい。日本における「自粛」期間においても、人々が同じく経験したにも関わらず、それに対する考え方はまるで芥川龍之介の『藪の中』の証言のように千差万別であったことを思えば、容易に想像できるはずである。むしろ、社会構造の複雑さからいえば、武漢におけるその差異はおそらく日本のそれよりはるかに大きいのが実態であろう。

したがって、武漢のロックダウン期間のすべてがこの『日記』一書に記されているわけではない。著者もそのことはよく自覚しており、行文《こうぶん》からもその姿勢は明確に読み取ることができる。これは、郭晶さんの「武漢封城」の日々のレポートである。しかし、この記述は、いかに偏《かたよ》りがあるとしても、彼女が実際に目撃し、体験し、多くの人に取材して、それを基に自らの考えを記したものであり、その中に武漢の都市封鎖期間の一片の真実が描かれていることは疑うまでもない。著者の目線は決して上から見下ろすようなものではなく、地上を這《は》うようにして書かれている。私たちはそれを通して、中国社会の現在を深く知ると同時に、私たちと同じ思いで耐え忍んで暮らす人々が武漢にもいることを確認できる。それが本書の魅力であり、価値である。

都市封鎖は武漢に始まり、中国の多くの都市に連鎖し、さらに世界の名だたる大都市にまで及んだ。不幸な出来事であることはいうまでもないが、世界のそれぞれの地でこの日記と同じような「封城日記」がさまざまな人々の手によって書かれることを、私は願っている。ロンドン、パリ、ニューヨーク、ミラノ、バルセロナ、メキシコシティ、サンティアゴ、デリー、メルボルンなどなど、列挙するのも困難なほど多くの都市が経験したそれぞれの都市の「ロックダウン・ダイアリー」である。それらを私たちが対比して読むことができたなら、どの点が異なり、どの点が同じなのかを知ることができ、その拠《よ》って来る所以《ゆえん》は何であるのかを考えることから、さまざまな文化風土や社会システムの異同を理解する手がかりとなるのではないか。そればかりではなく、危機に浮かび上がる「人間」という存在そのもの、あるいはその人々が集まって作る「社会」や「都市」というものの意味を深く考える材料ともなし得るであろう。

想えば、人類は「社会」や「都市」を築くことによって、原始から「文明」期に入った。その「文明」期に入って以来、これほどまでに文字通りの地球規模で、同時に同じ災難を共有したことはなかった。この二十一世紀のパンデミックといわれる体験を単に個人の記憶だけに留めず、私記として残すことは、この苦難をともに経験した私たちのグローバリズム時代に課せられた責務であろう。その記録は、公的な、あるいはマスメディアでの報道とは一線を画する私的な記録であるが故に尊く、また貴重である。少なくとも私はそのようなつもりで、この郭晶さんの『武漢封城日記』を読み、翻訳に臨んだ。

本書の『日記』は三月一日で「未完」として終わっており、四月八日の解除に至る最後の一か月余りの部分は収録していない。それはこの翻訳が台湾の聯經《れんけい》出版から三月に出たテキストを底本として採用しているからである。ネットのブログでは四月八日までの全期間を通して書き継がれており、それはいまも読むことができる。写真も本書に収めたものよりも豊富である。文字には若干の異同があるようであるが、本書の翻訳はすべて底本に従っている。ただ、著者の「後記」は冊子体のほうにはなく、聯経から提供された電子版にあるものを収録した。

なお、この郭晶さんのネットで公開された『日記』のことについては、ＢＢＣニュースが取り上げ（二〇二〇年一月三十日〈Coronavirus Wuhan diary: Living alone in a city gone quiet〉）、次いでガーディアン紙がインタビュー記事を載せた（三月十五日〈Make yourself a point of connection〉）。日本でもＮＨＫがＢＳ１スペシャル「封鎖都市・武漢～76日間 市民の記録～」（五月四日、再放送は総合テレビ五月二十三日）などで放送している。

✣

私が初めて武漢に行ったのは、一九七八年の夏である。それ以来、幾度となく武漢と省内各地の考古遺跡に足を運び、兼ねてこの都市の変貌を見てきた。直近では昨年三月下旬に、武昌《ぶしょう》区の東湖湖畔の珞珈山《らくかさん》にある武漢大学での集中講義にあたって一週間あまり滞在した。敢えてこの時期を選んだのは、予《かね》てより念願であった武漢大学のキャンパスに咲く桜を見るのに合わせたのである。その桜は一九三九年、この地を占領していた日本軍が植えた三〇株余りの苗木に始まる。その当時の桜はすでに寿命が尽きたということで、一九七二年の国交締結のときにさらに日本から苗木五〇本が贈られ、いまでは現地で育てられた木のほうが多いものの、それらを含めて中国随一といわれる桜の名所となった。満開の時節には百万人の花見客がキャンパスを訪れる。来年こそはその桜の下での賑わいと人々の笑顔の取り戻せることを願っている。武漢は日本人にとっても決して遠く離れた無縁の土地ではない。

庚子大暑の日　扶桑楚学居にて

稲畑　耕一郎

附1『武漢封城日記』に登場するツールやシステム用語一覧

基本的なSNSツール

①「**微信**《ウェイシン》」(WeChat) | メッセンジャーアプリ。

②「**モーメンツ**」| 微信の機能の一つ。自分で投稿した記事を友人同士で共有しあうことができる。

※LineやFacebookの「タイムライン」のようなもの。

③「**グループチャット**」| 微信で複数のユーザーとメッセージのやり取りをする場合に使用する機能。

※Lineのグループトークのようなもの。

④「**微博**《ウェイボー》」(Weibo) | 正式名称は「新浪微博」。新浪公司(INA Corporation)が運営するミニブログサイト。

※「武漢封城日記」も微博で公開された。

アプリやサービスなど

①「**餓了麼**《ウーラマ》」| アプリで注文・支払いを行う食事の配送サービス。

②「**美団外売**《メイトゥアンワイマイ》」| アプリを利用してのフードデリバリーサービスを提供する企業。

③「**Keep**」(キープ) | フィットネスアプリ。オンラインでフィットネスのトレーニングプログラムを提供している。

商品

①**84消毒液** | 次亜塩素酸ナトリウムを主要成分とする商品。

②**N95マスク** | NIOSH〈米国労働安全衛生研究所〉規格に合格した微粒子用のマスク。

附2 新型コロナウイルスをめぐる動き

日付	出来事
2019.12.30	武漢市の眼科医・李文亮氏が微信のグループチャットに勤務先の病院で「SARSコロナウイルス」の感染者が発生したことを投稿。
2019.12.31	武漢市衛生健康委員会が、「原因不明のウイルス性肺炎」に27人がかかり、うち7人が重症であることを発表。
2020.1.9	武漢市で61歳の男性患者が死亡、新型コロナウイルスによる初の死亡者となる。
2020.1.20	習近平国家主席が新型コロナウイルスによる肺炎について、「重要指示」を出す。
2020.1.23	午前10時、武漢市を都市封鎖(ロックダウン)。
2020.1.30	WHO(世界保健機関)が「国際的に懸念される公衆衛生上の緊急事態」を宣言。
2020.2.1	中国国家衛生健康委員会の発表として、1月31日時点で国内の感染者が1万1791人、死者が259人となったことが報道される。
2020.2.7	新型コロナウイルスに感染し、治療を続けていた李文亮氏が死去。
2020.2.9	9日午前0時時点で中国本土の死者が811人となり、2002年～2003年の重症急性呼吸器症候群(SARS)の世界全体の死者数(774人)を上回ったことが発表される。累計の感染者数は3万7198人。
2020.2.19	中国本土での死者が2000人を超える。
2020.3.10	習近平国家主席が武漢市を視察し、中国で感染者の減少が続く中、ウイルス拡散の勢いを「抑え込んだ」と表明。
2020.3.11	WHOのテドロス事務局長が新型コロナウイルス感染症がパンデミック(世界的な大流行)に至っているとの認識を示す。
2020.3.28	中国政府、発給済みの査証(ビザ)や居留許可証を持つ外国人の入国を28日の午前0時より禁止すると発表。
2020.4.8	午前0時、2か月半ぶりに武漢市の封鎖を解除。
2020.4.17	武漢市が死者数を、当初の発表の1・5倍に当たる3869人に修正。中国政府は本土の死者数を4632人に修正。
2020.5	武漢市の全市民約1100万人にPCR検査を開始。

(編集部作成)

武漢封城日記

著者 郭 晶（Guo Jing）

ソーシャルワーカー、フェミニズム活動家。1990年生まれ。雇用における性差別の撤廃と女性のための平等な雇用環境の構築を目指す「074法律顧問ホットライン」発起人の一人。2019年11月から武漢在住。20年1月23日、新型コロナウイルス感染拡大防止のため武漢が封鎖された日から、日々の生活の様子をネット上に綴り公開。その日記の閲覧数は191万人にも上った。

翻訳者 稲畑耕一郎（いなはた・こういちろう）

早稲田大学名誉教授、南京大学文学院客員教授。1948年、三重県生まれ。早稲田大学第一文学部卒業、大学院文学研究科博士課程満期退学。これまでに北京大学考古系訪問学者、南開大学東方芸術系客員教授、北京大学中国古文献研究センター兼任教授、早稲田大学中国古籍文化研究所所長などを歴任。著書に『一勺の水―華夷跋渉録』『神と人との交響楽―中国仮面の世界』『境域を越えて―私の陳舜臣論ノート』『中国皇帝伝』『出土遺物から見た中国の文明』、監修・監訳に『図説中国文明史』（全10巻）、北京大学版『中国の文明』（全8巻）など多数。

2020年9月18日　第1刷発行

著　者　郭晶
訳　者　稲畑耕一郎
発行者　南　晋三
発行所　株式会社 潮出版社
〒102-8110　東京都千代田区一番町6 一番町SQUARE
電話／03-3230-0645（編集）　03-3230-0741（営業）
振替口座／00150-5-61090

ブックデザイン　Malpu Design（清水良洋＋佐野佳子）
印刷・製本　中央精版印刷株式会社

ISBN978-4-267-02258-6 C0098

潮出版社ホームページURL　http://www.usio.co.jp